オールド・ヘーボンジーンの「タコマの休日」

―熟年ホームステイ日記―

浅井 素子

ASAI Motoko

文芸社

熟年主婦のホームステイ日記

二〇〇二年八月十四日〜三十日

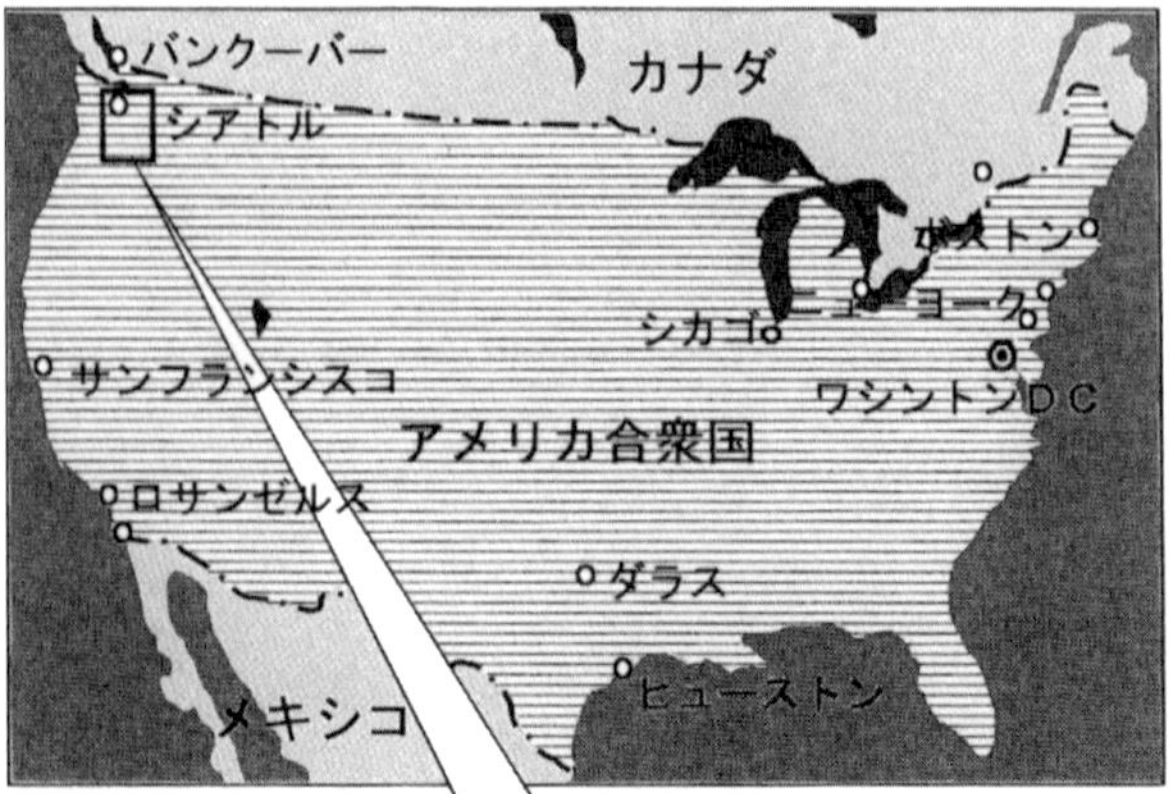
バンクーバー
カナダ
シアトル
ボストン
ニューヨーク
シカゴ
ワシントンDC
サンフランシスコ
アメリカ合衆国
ロサンゼルス
ダラス
ヒューストン
メキシコ

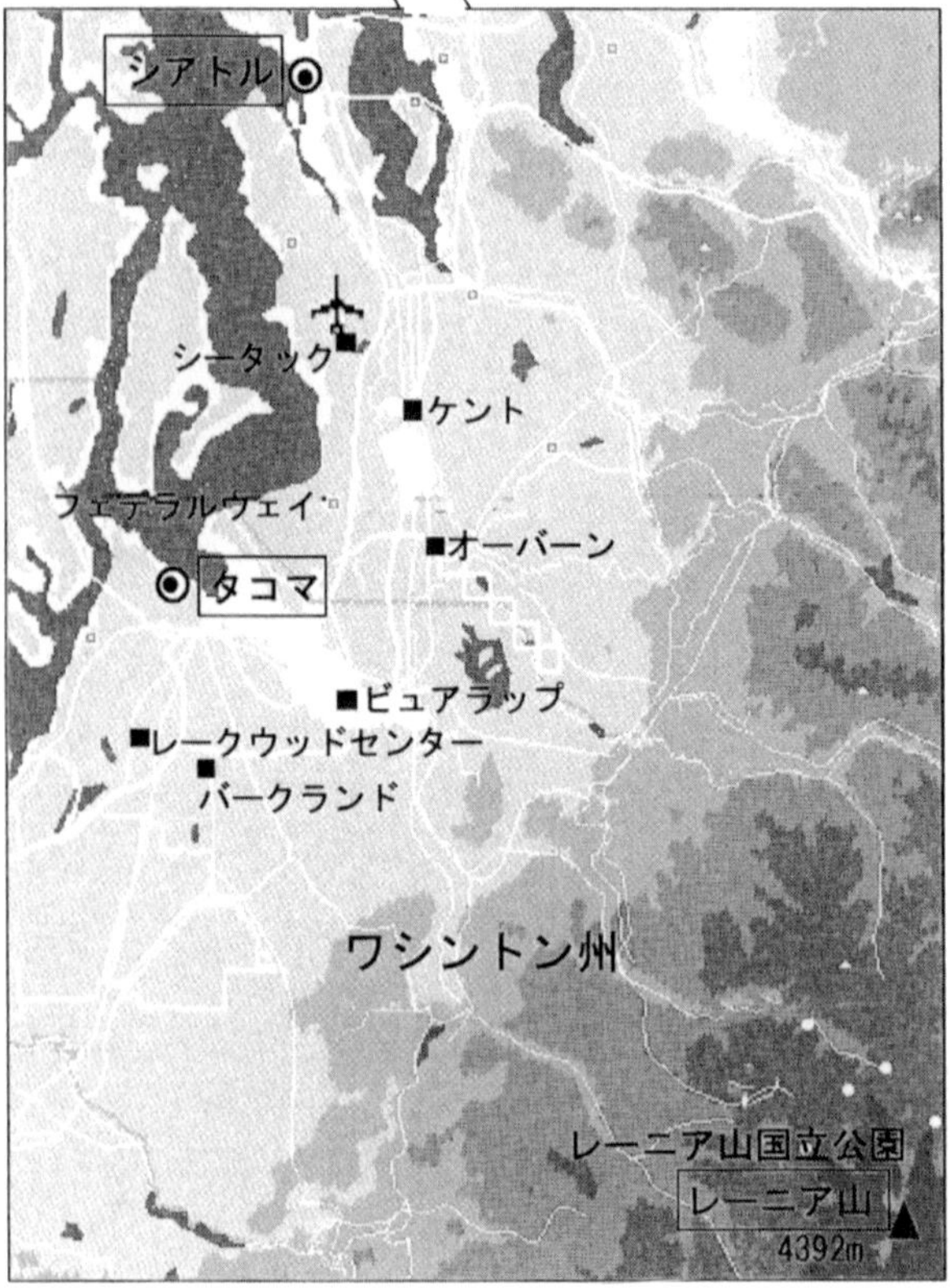
シアトル
シータック
ケント
フェデラルウェイ
オーバーン
タコマ
ピュアラップ
レークウッドセンター
パークランド
ワシントン州
レーニア山国立公園
レーニア山
4392m

目次

◇ぜぇーんぶ飽きた、アメリカへ行こう！

始まり

「これだ！」と私の目を射たのは「ニュージーランド熟年ホームステイ」の新聞記事で、昨年の九月が事の始まり。三十四年間の結婚生活、それと同じだけの夫の親との同居生活、十六年間の非常勤英語教師、どれにも飽き膿んでいたのだ。よい妻、よい嫁、まあまあの親、優しい娘、「かっわいーけど天然ボケ」の教師、どの役ももう沢山。親の役目はもう終わりとしよう。娘の役目も去年九十二歳で母を送り終わった。〈学校英語〉を教える役も降りる潮時、辞めよう。残るは妻と嫁の役。

「人生、ワン・ジェネレーション、三十年で再構築するのが、この長寿時代の秘訣と書いてあったわよ」

と夫に迫る。

「私達もここらで再構築すべきよ。お互いにちょっと離れて暮らしてみましょう」

と三ヶ月から六ヶ月の海外ホームステイを夢に描く。

家のことは「介護社会化」「家事サービス化」時代、なんとかなるでしょう。夫とのコミュニケーションはメールでとノート・パソコンを買う。

ところがどっこい、意外な所に障害が。夫が、

「本当に、三ヶ月もいくの？　その歳でホームステイして大丈夫？」

と信じられないという顔で聞くのだ。夫は大学教師という仕事柄、学生のホームステイのトラブルを色々聞いている。それ以上に、自分が三ヶ月もの間留守番をするのが嫌なのだ。家事一般、さらに九十二歳と八十七歳の老親との対峙は容易なことではない。わかりました。一ヶ月にしましょう。

色々調べると、今、熟年ホームステイ・プログラムは大流行。どの旅行社も力を入れ、魅力的なプランを宣伝している。英語圏に限っても、ニュージーランドの他にオーストラリア、イギリス、アメリカ、カナダ。期間も週単位でオーケー。

丁度その頃、息子ケイの結婚式以来お友達になったアン&ピーターさんから、「モトコ、タコマにいらっしゃいよ。ここでアートや食べ物や色々な社会活動を経験するといいわよ」とお誘いがあった。そこで、旅行社の三週間から四週間のシアトル・ホームステイというプログラムを選

び、それに一週間程度のアン&ピーターさん宅訪問をくっつけるのはどうだろう。

息子ケイに相談する。

「うーん、そんなのムダ。アン&ピーターはきっとどうして全部うちに来ないのかって言うよ。旅行社のアレンジするホームステイ先がどんなのかもわからないし」

と夫の危惧を半分代弁する。

「でも、一ヶ月もタダでよそのお宅にご厄介になるのは気が引ける」

と熟年主婦の率直な思いを述べる。彼はちょっと考えて、

「二週間。これでみんながハッピー！　二週間も居たら、飽きるっちゃ」

とご託宣を下した。

アンとメールでやり取りをする。

「旅行社の案はお止めなさい。ここ、ブラウンズ・ポイントのアン&ピーター・ダーリング家が最上のイングリッシュ&カルチャー・スクールです」

彼らは今までも多くのホームステイ者を引き受けて、ケイも一ヶ月お世話になった。ケイの提案を知って、「私達ダーリン教育システムは功を奏した」と率直に喜んでいるのだ。そのシステ

ムの骨子は「自分のしたいこと、自分の意見を言うこと。私達はできないことはできないと言うし、反対の意見も述べる」というものだった。

私は、

「『ブラウンズ・ポイント・アン＆ピーター・アカデミー』に登録したいです」

とメールを送った。「fierce（厳しい）先生、アンがお待ちしています」

と返事が来た。メールで、お互いの日程を調節し、八月十四日から三十日までと決まった。

七月に旅行社で飛行機の個人切符を予約した。一人での海外旅行が初めての私は、いざ全てが決まると、諸種のことが不安になった。しかし、アンは、

「これは、あなたにとって、大アドベンチャーであるばかりでなく、夫タダシにとっても、家事一般を引き受け、両親の面倒を見る、よき経験学習になるであろう」

と、励ましてくれた。

「そうなのだ！　私が初めに望んだのは、次の三十年の私達の新たなる関係の再構築ではないか」

と強気になるのだった。

初日はお花で自己プレゼンテーション　八月十四日（水曜日）

九時、鞄一つ持ち、タクシーにて、空港へ。いつものように、義母に、

「今日から英語の勉強にアメリカに行ってきます。今月末まで。お元気でお過ごしください」

と初めてアメリカ行きを告げ、かつ短い手紙を渡して出発。義母はいつものように、玄関口まで出てきて、タクシーが見えなくなるまでたたずんでいた。タダシには、

「家のことは全然心配しないで楽しんでおいで」

と言われ、軽いハグをして部屋で別れた。

羽田十一時十五分着。リムジンで成田へ。宅配便で出してあったスーツケースを受け取って、ユナイテッド航空のカウンターに並ぶ。かなり長い列ができている。セキュリティを無事に通ってスーツケースを預け、出国検査を通過。搭乗ゲートを確かめて、軽い昼食はおそば。タダシにゲートまでたどり着いた旨を報告。なにしろ一人で国際空港を出発するのは初めてなのである。

まさに「アドベンチャー」の始まりなのだ。

満席の飛行機は定時十六時五十五分成田を飛び立った。日本人の優しいお姉さんのアテンドを受けて、機内夕食。少ししか食べない。最近読んだ本の忠告に従い、ワイン、コーヒーもパス。時差呆け防止の要だそうだ。短時間用の催眠剤を二粒飲みアイマスクをして寝る。四時間位は眠れた。

朝食。日本時間で一時五十分シアトル・タコマ空港着。しかしここはすでに太平洋の日付変更線を越えた異時間の世界で、同じ十四日ながら朝の九時五十分。機内で書いた二枚のフォームもOKでスムーズに入国完了。地下鉄でメインホールに出たら、そこにすぐに「ビッグ・スマイル」のアンとピーターの顔が待っていた。

「ナイス・ツー・ミート・ユー、アン・アンド・ピーター」

と英語モードを全開にして負けじとビッグ・スマイルで挨拶する。おーっ、これからいよいよ自ら選んだとはいえ、難儀な外国語の世界が始まるのだ。

ピーターの車でタコマ市ブラウンズ・ポイントの彼らの家へ向かう。途中、スーパーマーケットでアンが買い物。ピーターが私に付き添って私の買い物を手伝ってくれる。ヘアースプレーとヘアバンド、ついでに小さい花束を買う。カードで支払う。これで、アメリカでの買い物のレッスンは終わり。

私がステイする部屋はガレージの奥にあり、そこに通される。ベイスメントルームなのだが、傾斜地の地下なので、充分な外の眺めと光がある。バスとトイレ、高いダブルベッドの部屋にはタンスとクローゼット。大きい肘掛け椅子。壁には真っ赤なモラ刺繍の額飾り。小瓶にバラ一輪とローズマリーの一枝。車からスーツケースと旅行鞄が運ばれる。これはみんなピーターの仕事、西洋では重いものを女性が動かしてはいけません。

階段を上がった一階が玄関のある住居となる。アメリカ式にハウスツアー。広いキッチン・ダイニング。暖炉付きリビング。アン&ピーターのベッドルーム&シャワールーム。日本式にリフォームしたという深いバスタブ付きのバスルーム。それぞれの書斎。数段下りてアンのアトリエ。アンはここでデザイナー&ドレスメーキングの仕事をしている。ピーターはリタイアして家事、ボランティア等をしている。アン、六十一歳、ピーター六十六歳。息子、娘は独立して暮らす。ここはアメリカン・スタイルの中流郊外生活者の住まいである。

昼食はサンドイッチ、生の人参、皮付きリンゴ、コーヒー。ぼりぼりむしゃむしゃと食べる間に、色々と質問されたり、説明があったり。アンはとてもゆっくり、一語一語はっきりと発音してくれるからよくわかる。ピーターは時々ナチュラル・スピードになるので、アンにたしなめられる。単語が聴き取れなかったり、思い付かなかったりすると、ケイが「絶対おすすめ」という持参の電子辞書を取り出して、お互いにポチポチとキーを打って見せあい、充分理解しあう。

私はアメリカン・スタイルで明るく前向きに受け答えをするように努める。飛行機ではよく眠れた、この家は居心地がよさそうだ、眺めがすばらしい、体調はグッド、食べ物は口に合う、等々。全部ほんとうだ。でも英語で明るく確信を込めて表現しなければ……少し疲れた。

お土産の花瓶と花籠を持ってきてここで籠の取っ手をつけ、花を生けてよいか、と聞く。もちろんよいとも、庭の花も木の枝も好きなだけ切ってよい、ハサミはここにある、と許しをもらう。こっちのペースに持ち込んで一息つかねば。

鞄に入れて大事に持ってきた、萩焼の花瓶は「オー、ビューーティフル！」。包み紙のシールを目敏く見つけて、アンは、

「これは去年ケイの結婚式の引き出物と同じ窯元のものだ、あの湯飲み茶碗はいい色が出てきた、

このピンク色の釉薬の色と同じだ」

と本当に気に入ってくれた様子だ。

自作の籐の籠は二つ。一つは、皮籐で編んだ「宗全籠」の写し、全くの日本調。もう一つは、私のオリジナルで、中の金銀のぼかしの色つき孟宗竹の中筒（お正月のフラワーアレンジメントのリユース品）が透けてみえる様に籐をざっくり編み、タマネギの皮で黄色と濃いオリーブグリーンにぼかし染めにしたもの。触媒の違いにより同じ染料から二色が得られるのだ。と、このあたりは予習済みの単語を並べながらこちらのペースで運ぶ。

取っ手を付けたら、早速、庭に出て花と枝を切る。庭は芝と刈り込まれたブッシュと四、五本の大きな木と、花壇と鉢植えの花木と小さな菜園とハーブ園からなっている。ピーターの管轄だ。丹精込めて手入れしているに違いない。先ほど買った花に少し足すように最小限の花を切り、木の枝を加える。お天気は最高。摂氏二十三度位か、爽やかなそよ風。日本の夏を一飛びして逃れてくれば、ここは別天地の避暑地だ。英会話のレッスンは暫くお休みしてなるべく長くぶらぶらする。

二つの籠に持参のオアシスを使って生け花をする。一つは純日本風に、もう一つはモトコ流、自然をカジュアルに生ける。松の枝や、ブラックベリーの枝を使ったのが、とても彼らの流儀とは違うそうだ。形も対称形ではない。ここでも英会話はお休みして、「生け花に無心に専念している日本人」になりきる。二つとも、大げさに褒められて、玄関の名誉ある場所に飾られた。この時以来、家の中の花を担当しているピーターは私を『フラワー・レディー』と呼ぶこととなった。

ピーターの作った簡単なサラダ風夕食の後、彼のお母さんが晩年を過ごしたナーシングホームの広い庭で催される野外ブラスバンド演奏会に連れていかれる。アンとピーターは私が時差ボケに悩まされないように、今日と

好評だった籠とフラワーアレンジ

明日の夕方、外に連れ出して、現地時間の感覚を身に付けさせようと図っているらしい。北国の長い夕方、ナーシングホームにいるお年寄りやその家族、近くの若い子供づれのカップルと一緒に、ポピュラーな曲目を楽しんだ。ピーターは目敏く隣人のジャネット&ボブを見つけ、私を紹介する。握手と笑顔が必須の社交の始まりだった。

長い第一日が終わり、九時に自室に引き上げ、睡眠剤を飲んで寝る。

ダーリン家の主夫ピーター　八月十五日（木曜日）

時々目覚めてはまた寝た。ここはサマータイムの北国。六時頃起床し、持ち物をタンスやクローゼットに収め、スーツケースを整理。ここはこれから二週間寝起きする自分の居室だよ、と自分にしっかりと言い聞かせる。

身支度を調えて、七時過ぎに、階段を上がる。さて、これから上はイングリッシュ・カンバセーションの世界。うまくいくかなー、しかたない、自分が選んだのだから。明るく、明るく始めよう、今日一日を。

「グッドモーニング、ピーター」

「グッドモーニング、モトコ。よく眠れたかい？」

「イエース、よく眠れました。気分はいいです」

と明るく始める。

「今日だけ、僕が君の朝食も用意してあげるよ。何がいいかい。パンとヨーグルト、フルーツ、ジュース、コーヒー。好みを言ってくれ。カップにグラスはここ。お皿にスプーン、こうして好みのものを自分でよそうのだよ」

カウンターキッチンの高い椅子に並んで座り、新聞を読みながら、各自好きなものを食べるのがここのスタイル。新聞も貸してくれる。

「モトコは海外記事の方がいいだろう」

「あー、イエス」

と言ったけれど、ほんとは新聞を読むってなかなか難しいのだ。題字だけを拾い読みする、おっと、正確には、読むまねをしておく。黙っていられるものね。それに家に居る時と同じように何か字を見ながら朝食を食べたら、お通じも期待できるかもね。

ピーターは食事を済ませると、庭の手入れに忙しい。スプリンクラーが所々設置してあるが、ホースでもプランターや芝生に散水する。花壇の花殻を取り除く。自室でメールチェックなどの事務的な仕事もしているようだ。電話をしたり受けたり、台所の隣にある洗濯室でも音がしている。主夫ピーターは朝から多忙だ。

しばらくすると、アン先生のお出ましだ。寝起き姿で、

「エクスキューズ・ミー。よく眠れた、モトコ？」

「ピーター、（ナンチャラ、カンチャラ、ペラペラ……）」

私にはわからない英語の会話がある。連絡事項や今日の予定らしい。で、もし私が望むなら、タコマ市街で毎木曜日に開かれるマーケットに、ピーターが私を連れて行って落としてくれるそうだ。帰りはアンが拾ってくれるというのだ。もちろんオーケー、マーケットって大好きな私だ。

アンも新聞を読みながら、深皿に入れたヨーグルトに混ぜたシリアルとフルーツ、コーヒーを口にしている。ピーターは大きな傘の骨状の洗濯干し竿を芝生の上に立てて、洗濯物を干すのに忙しい。アンは言う、

「ピーターは外に干すのを面倒くさがるのよ。乾燥機ですればいいって。でも私はこんな季節はお日様に干した方が好きなの、お日様の匂いがするでしょ」

「ピーター、（ナンチャラ、カンチャラ……）」

すると、ピーターは色物ばかりを集めてまた洗濯室に持ってきた。また、アンは私のカーデガンのシミを素早く見つけて、

「すぐ取った方がいい、脱ぎなさい」

と言って洗濯室でしみ落とし剤を付けて一緒に入れてくれたが、それは、短時間タンブラーにかけて、さっとしわを伸ばしてハンガーにつるして室内のフックにかけたのだった。よい生地のシャツなどはそうして干してあった。ピーターはてきぱきと洗濯をこなしていく。洗濯ノウハウもちょっと学んだ。

アンの強い勧めで、家にメールを入れる。ピーターのパソコンを使わせて貰う。ピーターが使い方を教えてくれる。急いでメモをとる。他人のパソコンに触るのはちょっと恐い。タダシに無事着いたこと、ここでハッピーに過ごしていることを簡単に英語で書く。

十時三十分にマーケットに着く。家から三十分くらいのドライブか。すでにマーケットは人がいっぱい。花屋、八百屋、果物屋、手作りアクセサリー、ピエロの風船売り、ホットドッグ屋、アイスクリーム屋、タトゥーを入れてくれるお姉さん、数人の楽団。手作りのローソク売り等々。私もすぐにお買い物。「岡本太郎の太陽の顔」の様なローソクを買った。

マーケット内をぶらぶらしていると、アンにばったり会う。

「モトコ、もう買い物したの！」

「あの大きな花束を買っていいかしら？」

「もちろん、したいことは何でもしなさい」

　というわけで、私は腕一杯のアメリカ的ブーケ、ヒマワリや派手な色の百合、ダリア、スターチス、ユーカリの交ざった花束を買った。売り手のお兄さんはアジア系の子だった。全体に野菜、果物、花の売り手はアジア人かネイティブ・アメリカンが多い。アンが桃やブルーベリーを買う間、アメリカン・ブラックチェリーを試食する。とってもジューシーで美味しいので三〇〇グラム位買う。日本の五分の一位の値段だと思う。


　昼ご飯はアンの娘エイミーの友人のやっているカフェで、カフェラテとトマト・カナッペを食べた。パンク風の髪型の若者やタトゥーをした人、インテリ風の人、子供の髪を緑色に染めた母子連れ、バイク乗りなどとカフェの客はさまざまだ。

　窓から通りを眺めながらアンとおしゃべりをした。ここの店主の若者は、これまで色々と道から外れることがあったが、ようやくこうして店を順調にやっていること、エイミーは今、仕事でも私生活でも困難を感じていること、今の若い世代と自分達の若い頃とは時代が異なること、現代はより困難な時代であることなどなど、アンは話す。私は、日本では自立の精神が弱いこと、子供達はなんとか自立したが、我々の親の世代が依存的で鬱陶しいこと、我々は歳をとっても子供に依存する気はないこと、私は女性の自立を謳う大学で教育を受けたことなどを話した。

家に帰り、早速一番大きなガラスの花瓶を出してもらう。自室に持っていき、ローソクと花を生けると、香りが満ちて、自分の部屋である気分がぐっと増した。

階上に戻ると、アンがメールをチェックして、クックッと笑っている。

「モトコ、チヒロ（ケイの妻）は、あなたを誤解しているわよ。『お義母さんは静かな人だから』って書いてある。チヒロのもつ印象と私達がもつモトコの印象は違うわって、今、メールに書いたところよ」

と、アンは、私にもそのメールを読ませる。日本にいる時の「オカアサン」とここタコマでの「モトコ」は別人なのだとチヒロさんに知らせたい。

ロータリアンのミーティングから帰ったピーターとアンはひとしきりお互いの報告をしている。ピーターは洗濯物を取り込み、電話で話したり、郵便物をチェックしたり、夕方五時過ぎになると、さらに忙しく立ち働く。今夕のブラウンズ・ポイントで催されるアカペラの野外コンサートに持っていくピクニックの用意が主夫ピーターの仕事。彼はパスタ入りシュリンプ・サラダを作らねばならない。シュリンプを冷凍庫から出す、種々の野菜を切る、パスタをアルデンテにゆでる（アンはゆですぎが大嫌いらしい、タイマーを必ず使う）。途中電話にもでる、熱い鍋を片手で扱ってパスタをザルにあげている。自家製ドレッシングをかけて終わり。ブランケットやワイン、グラス、フォーク、皿を手早くプラスチック製のコンテナに入れて出発。

ブラウンズ・ポイントの灯台の公園は市のピクニック・エリアになっているらしい。すでに、子供連れ、夫婦、恋人同士、犬連れ、あるいは一人で、芝生に座ったり野外用の椅子に腰掛けたり、子供は走り回ったりしている。アカペラの四人組が拡声装置を積んだバンで到着。白いテントの下で演奏を始める。子供はその下で踊っている。シュリンプ・サラダは薄味で、白ワインを飲みながらゆっくりと暮れてゆく海を眺めながら過ごす。彼らは、知り合いと声を掛け合ったり社交にも忙しい。長時間の飛行以来、トイレの近くなっている私は、心配になってきた。アンにそっと聞くと、ありました、簡易トイレが二つ用意されている。身障者も入れるような広いものだ。出てきた老婦人は私に、ちょっと汚いよ、みたいなことを言う。みんな気楽に声を掛け合うようだ。アンは大きな黒人の青年の真新しいスニーカーに目をとめると、私もこんなのが欲しいみたいなことを言って声をかける。彼らは、室内ではほとんど裸足。外に出る時は、スニーカー風のサンダルである。

この一帯は公園になっていて、もと灯台守が住んでいた家は、週単位で二人以上のグループで借りることができるとのこと。今は、ある一家が一族再会の行事で借りているらしい。五十人ぐらいが集まると言っていた。他にも、ボート小屋や倉庫などが点在し、それぞれ、小さなミュージアムになっている。アンが応募して採用された『verite』という船に付ける名前のプレートがあった。「真実」と言う意味だそうだ。彼らはコミュニティのあらゆる行事に積極的に参加しているようだ。

暗くなって帰宅。今日もことあるごとに、地域の友人に紹介された。にっこり笑って、挨拶にも慣れて、「ナイス・ツー・ミート・ユー」から「ナイス・トゥ・ミーチュー」へとアメリカ風になってきた。九時、就寝。

アン＆ピーター夫妻のライフスタイル　八月十六日（金曜日）

午前中は主夫ピーターと買い物にあちこち回る。まず、花木の苗屋。家のフラワーポットの花をきれいに植え替えないといけないそうだ。

「モトコ、この鉢にはあと何色を加えればいいと思うか？」

とか聞かれる。ピーターは賢く「十ポットなら…ドル」というようなお買い得品も選ぶ。私も、珍しい野菜と花の種を買った。

次は、年間契約しているオーガニック野菜農園に今週の取れたて野菜を取りに行く。彼らはなかなかの菜食主義者で、主に魚、鶏、時々豚の肉、野菜は有機栽培のもの、果物は旬の地元のものを買うようだ。畑の中の小屋に今週の野菜が並べられ、各自自分でボードに書かれた量を袋に入れて持っていく。カリフラワー一、レタス一、トマト、インゲン、人参、ズッキーニ、ネギ、キュウリ、ほうれん草の葉の部分一袋、ブルーベリー等々。

移動中にアンから車の携帯電話に連絡が入る。

「お隣で借りているショウガを返さなくてはいけないので買ってきて」

別のスーパーへ。日曜日に日本食ディナーを作る約束をしているので、ついでに、スモークサーモン、豆腐、生椎茸を買う。シイタケ・マッシュルームは他のマッシュルームと比べてとても高かった。十個で八ドル位。自分で秤にかけ値段を納得してから買うらしい。やり方をお店のおじさんとお兄さんに聞いて手伝ってもらった。

昼食は昨日の残り物。各自、自分で欲しいだけお皿にとって、好きな場所で簡単にすます。

三時に家を出発。今日のディナーは、友人のリック&フランシー夫妻のビーチ・ハウスに招待されている。彼らもうきうきと楽しそうだ。タコマ市を通過して、二時間、海の側を走る。車中アンが友人リック&フランシー夫妻と自分達との交友の歴史を語ってくれる。リックとフランシー夫妻はアンが最初に関わったマタニティー教室の生徒で、その時、アン自身も身籠もっていたのだが、死産であった。その傷心を夫妻が温かいキャセロールのお鍋を抱えて慰めに来てくれたのだそうだ。それ以来の三十年近いお付き合いが続いているという。その間リックもフランシーも癌と闘う日々があり、看護師の経験のあるアンは何かと気遣ってあげたらしい。

　長いナロウ・ブリッジを渡ってフィヨルドの浸食でできた湾に向かう。静かな海に面して、背後の高いシダーの林の中にある別荘は築一〇〇年とか。それを、リックさんは兄弟で借りて、改装してセカンドハウスにしている。広いサンデッキ、大きなシダーの木にブランコ、家の中はウッド調のしつらえで、

「コージーですね。木の香りがします」

　と言ったら喜んでいた。

「一杯飲みながらボートでこの湾をクルージングするのはどうか」

　とリックが私に聞く。

「ボート乗りとお酒と二つ一緒だと、目眩を起こしそうです。ボート乗りだけお願いします」

　と答える。

　鉢植えの花が美しいサンデッキでポップコーンとアペリティフに、ウイスキーやシェリー。私にはお望みのコークが出てきた。アペリティフを片手に岸辺に下りてボートに乗る。レディーファースト、リックが手をかして私の靴が塩水に濡れないようボートに乗せてくれる。彼の操舵席の横。アンとピーターが船の後部に乗って出発。フランシーは岸辺で手を振っている。

ボートは穏やかな海面を静かに進んだ。お互いの近況を語り合っているらしい。アンが時々私に解説を入れてくれる。リック夫妻の息子が最近大学に復帰して、勉学を再開し親として安心だとか、いずこも同じ親の想いである。リックはゆっくり湾の岸辺を見せながら進む。あれは誰の家だとか、最近改装したとか、売りにでているとか、新しい人が来たとか、家の話にはながさく。その中には、パーカー万年筆で有名なパーカー氏の別荘もあって、なんと三十五室も寝室があり庭には大きな四阿が見えた。しかし、今はパーカー氏のものではなく、結婚式のパーティーなどに貸し出されているという。牡蛎の養殖用の筏も見られた。停泊中のヨットの男とも気軽に話をしていた。最後に、リックはちょっと目眩を起こさせようと、びゅーんとスピードをあげて水を切り湾を一周して笑っている。風を切って爽快である。

「サイト・シーイングではなく、ハウス・シーイングの旅をありがとうございました」

とお礼を言う。

サンデッキではフランシーが待っていてしばし歓談。写真を撮っていいですか、とカメラを向けると、

「あら、しわが写るから……」

とはにかまれる。

「この写真機はボロだからしわは写りません」

と言うと、

「あら、この人は冗談をいうのね」

と笑って撮らせてくれた。ブランコの写真など撮っていたら、あれー、フイルム切れに。フランシーは家に予備のがあるからと、親切にも私にくれる。アンが私をブランコに乗せて写真に撮る。みんな和やかでくつろいだ雰囲気だ。

「庭の大きいシダーの木がステキだ」

と言ったら、八十年位前のこの家の住人と家の写真を持ち出して見せる。そして、そのシダーの木がまだほんの幼木であったことを示して年月の流れを確認させた。

日暮れて夕食。ローソクを灯したデッキのテーブルに移る。小ホタテ貝のホワイトクリームパスタ、ほうれん草その他の野菜のサラダ、その中に白い歯ざわりのよいものが含まれていたので、何かと聞いてみた。ウオーター・チェスナットというものだそうだ。デザートにピーチ、食後酒に日本のサントリーウイスキーを含み数種を勧められる。私は、本物のポートワインを頂いた。

食事は簡素なものだ。二種とデザート・コーヒー。お皿も一枚しか使わない。しかし、夜も更けて寒くなると、プロパンガスを搭載した移動式ランプ型のストーブを取り出してつけてくれる。彼らは住居には大変お金も気も使っているようだ。夏の間、戸外で過ごすことは彼等の最重要事項らしい。

彼らは時々私にも話をさせようと水を向ける。家族のこととか、楽しんでいるかとか。フランシーはあなたは良い靴を履いている、何処で買ったのかと聞く。

「こちらに来る数日前に我が町で買いました。が、これは日本製ではなく、ドイツ製なのです。たまたま入ったお店がシュー・フィッターのいる店で、実は、私は外反母趾で悩んでいたのです。西洋では一日中靴の生活だと聞いていますから、思い切って買ったのです。高かったのですよー。普通の靴の三倍位しました」

すかさず、ピーターが、

「モトコと俺はもうお互いに足を見せあった仲なのさ」

と応じる。初日、ピーターにも、靴を褒められて、その話をしたら、彼も外反母趾で手術をしたと、リメイクの裸足を見せられていたのだ。彼らは足下に目が鋭い。また、

「あなたは上手に英語をしゃべるがどこで学んだか」

とみんなが聞く。

「四十年も前、女性の進学率がまだ低かった頃に、私が大学に行き英語を学べたのは、私がスマート（頭がよい）だったので、親が行かせてくれたから」

と言うと、手をたたいて喜んでくれた。

以前はセイル・ボートを持っていたピーター夫妻にとって、友人とこうしてボートに乗り、ビーチで過ごす一時は、とりわけ楽しいウイークエンドの過ごし方らしい。

北国の長い宵も更け、九時三十分に暇乞いをする。十一時三十分帰宅。

初めての社交パーティー　八月十七日（土曜日）

八時起床。初めて洗濯をする。水温の設定、量、洗い加減、アンに聞きながら覚える。アンブレラ型物干し竿が気に入った。風に舞って、すぐに乾きそうだ。

すぐ上の隣人ジャネットが私を見つけて、声を掛けてくる。

「昨日、あなたまたお花を切っていたでしょう。あなたのフラワーアレンジメントはアンから聞いて見せてもらったわ。籠もステキ。私もお花を生けるのが大好きなのよ。うちのを見にこない？」

というわけで、ジャネットのお宅訪問となる。

彼女の家は、ダーリン家よりだいぶ大きいようだ。エントランスには日本調の松や灯籠もあり、敷石も日本庭園風。家の中も美しい。塵一つない。ガラス張りで、リビング、客用ダイニング、食堂、サンルーム、空間も広い。お花も「生け花」ふうである。ご主人のボブさんの手になるウッド・ボールや壺がきれいに飾られていた。

「ボブはコンサーバティブなのよ」

とアンは言ったが、見たところほんとに気難しそうだ。ジャネットの紹介でちょっと話す。

「ステキな木の作品ですね。才能がおありなんですね（talented）」

などと、お世辞もすらすら口から出る。ジャネットとも、生け花の趣味が同じで、

「シェアしましたね！」

と二人とも嬉しがる。私もだいぶ変わってきたぞ。すごく社交的、自分でもびっくりする。

お昼は残り物を片づける。こっちに来て以来初めて、よい便通があった。だいぶ緊張がとれてきたのかもしれない。

午後アンは野菜スープを作る。冷蔵庫の中の野菜を何でも入れていく。人参、ズッキーニ、赤黄ピーマン、フェンネル、トマト、ナス、タマネギ、キャベツ、野菜ジュースと少量の塩、決して煮すぎないこと、アルデンテに煮ることが肝心なのだそうだ。大鍋一杯に煮て、冷凍しておく。

今晩はガーデンパーティーに連れて行ってくれるそうだ。四時から八時。ピーターはアンに何を着ていくのか聞いている。

「白か、黒の麻のロングよ」

ピーターは自分のズボンを持ってきて、どれがよいかアンに選んでもらう。

今日のパーティーは、ダーリン家にもある野外彫刻のような大きなベルの作者、彫刻家のトム・トレン氏のお宅かつアトリエをオープンにして催されるガーデンパーティーで、アン&ピーターの友人ディック&マーシャ夫妻がホスト役である。七十歳を過ぎたご夫妻は、パシフィック・ルーテラン大学でかつて教え、今はその大学のサポート・ボードの頭である。学内の古いチャペル改修のお金を集めるパーティーらしい。アンとピーターもかつてそのボードのメンバーであったが今は外れている。しかし、個人的には、ご夫妻が大変な事故に遭われた時や癌闘病の時にサポートしてあげたりで、親密なお付き合いをしているらしい。

「私達は今回寄付をしないって言ってあるけど、是非、トム・トレン氏のお庭やスタジオを見に来なさいって。二人ともとてもいい人で、そのような災難や不幸を見事に克服して、とても若々しい驚くべきカップルよ」

とアンから彼らの人となりと交友の説明があった。アンはデザイナーとして毎年ショーを開いており、ピーターもワシントン大学では建築を学び、かつてはオフィスの設計家であり、タコマ美術館のボードに名を連ねている芸術のよきサポーターである。二人ともアートに関心が深い。

このようなパーティーなんかに参加したことのない私は色々考えた。好きなものを着て行っていいのよ、とアンには言われたが、映画などで見る場面を思い起こし、ちょっとお洒落した方がいいいと思った。白いレースのTシャツに、茶色の薄いちょっとドレッシィーなロングスカート、サマーブーツ、短いパールのネックレスと小さいパールのイヤリングを付けた。しかしあまり飾りすぎないように気を付けた。ここはアメリカ。ホームパーティーはカジュアルが基本。

支度を調えて階段を上がり、彼らの所に現れると、アンもピーターも眼を見開いて見る。

「これでいいですか？」

「オー、ナイス、ビューティフル！　そのふわふわ動くスカートが私は大好き！」

とアンに言われた。アンは真っ白な麻のロングなワンピースに、色々な色の混ざった石やメタルのじゃらじゃら連なった派手なネックレス、ぶら下がるピアスをしている。ピーターはシャツにズボン。

郊外の森の中にある会場に着いた。ディック&マーシャ夫妻に紹介される。ディックさんはシャツに半ズボン、マーシャさんは緑色のロングワンピースで二人とも若々しい。

「ナイス・トゥ・ミーチュー。今日はアン&ピーターさんと一緒にお招きくださり有り難うございます」

「モトコは、自分で作ったステキな籠を持ってきて、我が家に着くやいなやそれにフラワーアレンジメントをしてくれたのよ。(ナンチャラカンチャラ、ペラペラ……)」

とアンが私を上手に紹介してくれる。トム・トレン氏の奥さんにも紹介される。彼女はこの広い森の中の庭を自分で手入れしているという。小柄な華奢な感じの人である。何処にそんなパワーがあるのか。

花柄のワンピースを着た奥さんが庭を案内してくださる。ローズガーデン、ハーブガーデン、羊歯、アイビー、あじさいの花は今時期何処でも定番であ

森の中でのガーデンパーティー

る。そこかしこに、トレン氏の作品がおいてある。鉄その他金属の野外彫刻、オブジェ、野外べルとゴング、オブジェチックな噴水、バード・フィーダー（餌置き台や水盤）。中でもベルとゴングが大変人気を博しているようだった。リック＆フランシーの家でも見た。明らかに日本の禅寺で見られるような銅鑼に似たものもあった。彼は日本芸術にも大変影響を受けているそうな。アトリエ、工房も見た。三棟位はあったと思う。地球儀を支える作品もあった。息子さんもアーチストらしい。パンフレットが置いてあり、注文販売される。成功されたアーチストである。

庭では、お酒と食べ物がビュッフェスタイルで出される。ここかしこのテーブルに座って飲みかつ食べる。同じテーブルの人と話す。アンが例によって上手に私を紹介してくれる。気恥ずかしい位褒めまくる。

「モトコはゆっくり喋ってあげれば、全て理解するから」

と言われる。

「アンとピーターさんの所で当地での生活をとても楽しんでいます。素晴らしいお庭ですね。ワンダーフル！」

等々精一杯明るく振る舞う。

「日本のどこから来たか。自分も日本のどこそこに行ったことがある。すばらしかった。あなたの英語はとても上手だ」

「お褒めのお言葉ありがとうございます。これもみんな、fierce teacher Ann（厳しいアン先生）のおかげです」

と冗談めかして答える。みんな笑って、アンがさらにその言葉の説明を加える。

息子ケイが彼らの所にホームステイした折に、彼らは、「今日はケイにRとLの発音の練習をさせてteasing（からかっていじめる）して楽しかった」とメールに書いていたが、teaseするのはfierceな（どう猛な、怖い、厳しい）人や動物のイメージがあるから、その文脈でアンは自分のことをfierce teacher Annと言っているのである。もちろん、アメリカ人のユーモアである。

パーティーで会った人達はみんな初めはゆっくり喋ってくれるがすぐに忘れて、ペラペラとナチュラルスピードになる。トピックは何なのかはわかるがとてもついてはいけない。わかったような顔をして、相づちをうっておく。疲れるなー、英語でパーティーなんて。

来る車中、アンに、

「日本でこんなパーティーに参加するのか」

と問われたので、私は、

「同窓会や職場の会でパーティーに参加します。しかし、こういうふうにカップルで参加したことはありません。日本では同窓会、趣味の会、女同士、男同士、職場の同僚でパーティーをします。カップルで、集まることはそうですね、冠婚葬祭の時です」

「しかし、タダシの大学の同僚はカップルで集まらないのか」

「以前、カップルで交流したこともありましたが、私達の世代では、やはり同性同士の集まりの方が気楽で楽しいのです。ケイ達、若い世代では友達結婚が多いので、カップルでよく集まるようですが」

と庶民のおばさんの社交文化を説明した。

屋内では三人編成のバンドがジャズの生演奏を始めた。大学の音楽の先生達らしい。アンもソファーに座って聴いている。私も部屋やお手洗いやホールのディスプレーを見て歩いたあと、ソファーで英会話も休憩して、黙って音楽を楽しむ。終わりに、

「素晴らしい演奏でした。写真を撮っていいですか。ジャズ好きの息子ケイが見たら羨ましがる

でしょう」

と了承を得てパチリ。そしてやっとお開き。みんな三々五々、お互いに挨拶を交わして帰っていく。玄関では、トレス氏がいて、みんなを送り出す。彼もパシフィック・ルーテラン大学で彫刻を教えていたのだそうだ。小柄な実直そうな人柄に見受けられる。八時過ぎに帰った。

車庫で、アンとピーターにお礼を言うと、アンは、

「あなたの今日のパーフォーマンスはとてもグッドだった」

ピーターは、

「パーフェクト。今日のモトコの格好はすばらしい！」

と言ってくれた。

すぐに自室に退散する。異国でのパーティーは疲れるなー。

ジャパニーズ・デイ　八月十八日（日曜日）

六時三十分には目が覚めて、七時過ぎには、階段を上る。ピーターはコーヒーを入れ庭に水を撒き忙しい。道端の新聞受けに新聞を取りにいく。各自朝食。八時、ピーターは一人で教会に出かける。アンも行くはずだったが、昨日の夜よく眠れなかったらしい。八時三十分にアンを起こしてくれと頼まれる。今朝、新聞受けのそばに咲いていた野花が私の生け花欲をそそる。アンを起こし、花の生け替えをして、気分をリフレッシュする。花を生けている時が私のメディテーションの時かもしれない。そして、みんなも喜んで褒めてくれるし、英語はいらないし……。

十時、アンとシアトルまでキルト・ショーを見にいく。シアトルまでは車で一時間。シアトルのダウンタウンでは路上で所在なげにしている人を見た。職の口がかかるのを待っているのだそうだ。キルト・ショーの会場は熱心な人で一杯。いずこも同じ手芸好きな人がいる。八ドルの入場券を買うと手にスタンプを押して入場許可となる。典型的なアメリカンキルトあり、日本人の名前らしい人のオリエンタルな作品もあり、賞を取っている作品はさすがにすばらしい。アンは

二、三インスピレーションを得るものがあったらしい。写真など盛んに撮っていた。
会場の他の部屋では、お定まりの、布関係のお店の出店がある。和服を扱う人のコーナーで立ち止まって品定めと値段のチェック。そのお姉さんは私を日本人と認めて話しかけてくる。あなたのそのジャケットはステキだ。どこで買ったのか、等々。アンはすぐに話を引き取って、

「モトコ、脱いで、裏を見せてあげなさい。こんなにステキなトリミングの処置がしてあるのよ」

と言う。だんだん日本語になって、

「このブランドは日本に行ったらどこでも買えますか？　私はハワイから来ている」

などと、話が弾む。アンによると、自分が日本で買ったものの方が安かったと満足気である。あるコーナーで、布をきつく巻いて糊でかため、それを金太郎飴の様に切ったアクセサリーがあった。アンは自分も前に来た時買ったと言って私にも勧めるので、ブローチとイヤリングを買った。初めてお土産の用意ができた。

娘さんのエイミーのところに行きたいかと聞かれていたので、息子ケイがこの春お世話になったことだし、ぜひ行きたいと返事をしていた。そこで、キルト・ショーの帰りにちょっとよることになった。サンドイッチとカフェラテを買って、アンの娘エイミーのところへ。

白樺の大きな木と小さな菜園のあるエイミー達の共同住宅は環境のよい住宅地にある。外のテーブルでお昼を食べ、エイミーの用意してくれた果物を頂きながら話した。彼女は今色々な悩みを抱えているらしく、時々涙ぐみながら母親と何か話している。家の中に案内されて、お茶を飲む。二人をそっとしておいて、室内を眺めていたら、同居者のマシュウと結婚ほやほやの彼女が家の中を案内してくれる。ケイが泊まった地下のゲストルームや瞑想の部屋、自分達の結婚式の写真などほんとに親しげに話してくれる。禅僧のメディテーション指導者の同居者にも会った。帰りに台所で親は娘をしっかりとハグして慰めていた。私はそっと隠れて、二人きりになれるように隣の部屋にとどまる。こちらの母娘はとても濃密だなー。三十歳近い娘を親がしっかり抱いて背中を撫でている。

四時、帰宅。今日の夕食は私がジャパニーズ・ディナーを作ることになっている。調理器具や調味料の在処を聞く。他人の台所で料理をするのは、

「チャレンジングでしょう？」

とアンがいう。全くその通り。主夫ピーターは、

「何か手伝うことはないか、モトコ？」

と聞いてくれるが、

「いや、何もありません。一人で集中してやらないと失敗するといけないから」

と断る。

ピーターはピアノをポロンポロンと奏でたりする。

「わー、ピーター、上手ですね」

「おっと、集中をさまたげるかな?」

「そうですね、あまりに美しい音色だから、そちらに魅せられてしまうかもしれません」

「じゃ、また今度ゆっくり聞かせてあげるよ、何か手助けがいるようだったら何時でも言ってくれ、邪魔にならないように部屋に行っていよう」

これで一人になることができ、英語を喋らずに料理に集中できる。あ、もう一つ、聞いておかねば。夏野菜のマリネーにはレンコンが必要だが、この前スーパーで調べたところ、里芋はあったが、レンコンは見あたらなかった。アンはうちにチヒロがこの前持ってきてくれたレンコンがある、と言っていた。

「レンコンを出してください」

しかし、それはレンコンの佃煮だった。これはちょっとマリネーに加えては味を損ねそうだ。このまえフランシーの所で食べたウオーター・チェスナットならあるという。

「おー、あれならテクスチャーが似ている、是非それが欲しい」

と言いつつも、野菜室にそんなものあったかなー、と半信半疑である。アンが出してくれたのは、缶詰のそれだった。本当にあのテクスチャーが残っているものなのか？　缶を開けて一つ口にしてみた。「おー、これはグッド！」で、レンコンの代わりが見つかってよかった。

マリネーは味を染み込ませて冷たくひやして出したい。お米も少し早めに水に浸しておかなくては。頭が混乱する。家で料理をする時には一品は前の日から作っておけるのに。結局この日のメニューはサーモン鮨、夏野菜のマリネー、豆腐の澄まし汁であった。豆腐の白和えも頭にあったが、時間もないし、彼らの今までの食事を見ると、二品で充分そうだったからだ。

日本から持ってきた昆布、鰹節は上等でいい出汁が出た。お米は電気釜があったが、ちゃちなもので釜も薄く果たしてよい鮨飯が炊けるものやら心配だった。ま、なるようにしかならない。スモークサーモンは味見して一ブロック買ったのだが、中まで火がしっかり通っているもので、スライスしても、ぼろぼろにくずれた。日本のいわゆるねっとりした薄切りのスモークサーモンを期待していたのだが。

なんとか三品を作り終えて、さて、食卓の用意。友達からもらった箸置きを使おう。綺麗に包装された小箱を出し、

「これは友達が趣味で作った物でお土産です、開けてみてください」

とテーブルに置くと、アンは早速開けて、

「おー、ビューティフル！　これは塗りだ。塗りは大変手のかかる工芸品だ。見て、ピーター、この模様、五つのピースが合わさって、波形を描いているのよ。なんと繊細なこと！」

と感激している。彼らは箸を持っているだろうと思っていたが、やはり、素朴な白木地のものだったので、持参した塗りの箸を出してそれにそえた。

「今日のディナーは特別だ。ローソクがいる。モトコの生けた花も添えて」

と、写真に撮りローソクに灯をともす。いつものように三人手を取り合って、食前のお祈り。

ピーターが、

「素晴らしい食事と、よき友人とここにありますことを感謝します、アーメン」

お米好きの彼らはサーモン鮨も喜んで食べたし、夏野菜のマリネーは、

「デリシャース！　ピーターはナスがあまり好きではないのに、このナスだったら喜んで食べている！」

と言って褒めてくれる。昆布と鰹節のジャパニーズ・ブロス（Japanese seaweed broth）は、

「日本に行った時食べた日本食のダシの味よね、グッド」

であった。まあまあの出来だと思う。さて、デザートに小さな干菓子と薄茶は如何？　と問うてみる。丁度その時、アンが電話に出て席を外していた。

「モトコ、お茶は夜は止めておこう。アンは昨日眠れなくて、今日はしっかり眠らなくてはならないんだ」

とピーター。夜も更けてきた。じゃ、片付けましょう。

「おーっと、シェフは片付けなんかしてはいけないんだよ。まかせておいて」

とピーターが食器洗い機に入れていく。

戻ってきたアンに、

「日本の昔話のＣＤがあるのだけどどうですか、今日はジャパニーズ・デイだからほんの十分か二十分、聴きませんか」

と聞いてみる。

「それはいい、是非、リビングに移って聴きましょう」

片付けの終わったピーターと共に、リビングルームにくつろぎ、遠山顕先生の『英語劇場、日本昔話』から、「かもとりごんべい」と「わらしべ長者」を聴く。音響効果入りのドラマ風作りである。アンはクックク笑っている、ピーターも時々フフッと笑う。

「ピアノの音響効果が日本的でない」

とピーターは言う。アンは、

「この役の男の英語は南部訛だ、おもしろい」

とコメントする。私はリサイクルショップで安く買った昔の木綿の大きめの風呂敷を拡げて、「かもとりごんべい」に出てきた「丈夫な京都の風呂敷」を説明し、これを置いていきます、何かに利用してください、と言う。藍色に薄いオレンジ色の竹を描いたろうけつ染めの風呂敷は、アンの趣味にぴったり合っているそうだ。ＣＤの一部コピーしたものをあげて、また誰か子供にでも聞かせてくださいと言った。とても喜んでいた。

というわけで、今日のジャパニーズ・デイは成功だったようだ。満足して十一時に寝る。

ショッピングで息抜き　八月十九日（月曜日）

午前中からショッピングモールへ出かける。ピーターがモールの中まで案内し、「お昼はここが美味しい、三時三十分にここのカフェの椅子で待っていて。ピックアップしてあげるから」

彼は久しぶりにスイミングに行き、二、三人と会って話す用事をすませるらしい。彼も多忙である。ロータリーの仕事や、ボランティアの仕事、家の修理の件。アンも多忙である。今一番忙しい案件は、彼らの教会の新しい司祭さん選び。その委員会のミーティングが盛んにある。

今日は四時間の自主勉強。とはいっても、ショッピングだから一番の得意科目。モールは中程度の規模と品質である。丁度私にふさわしい。夏の終わりの「バック・ツー・スクール」セール中で二十五％オフや五十％オフの表示が嬉しい。最初に買った物は、半額の指輪、偽猫目石ふう。アンの指には両手で六個以上のリングがはめられている。カジュアルな石や真鍮や銀色の面白い形をしたもの。最近、私は指輪をはめるのもおっくうで疲れるといった感じなのだが、アンを見ていると、こちらまで感染してきた。いいなー、楽しそうだなーと思われる。それで、「ま、ここにいる時だけでもしてみようかなー」と一番安いのを買ったのだ。他に買った物は半額のレモンイエローのシャツ。アメリカ製バスタオル。色が美しい。タダシに南米製の革のショルダーバッグ九十九ドル。みんなカードで買った。

お昼はカフェでターキー・サンドイッチとコーク。同じテーブルの老婦人とちょっとおしゃべりした。

「たくさん子供のいる人は大変ね。私は一人しかいなかったから楽だった。子供にお金が掛かるから、今の女の人はみんな働かなければならないのよ。かわいそう。この白いシャツ、十ドルしかしないんだから、白いシャツはもう持っているのに、誘惑に負けて買っちゃったの(Irresistible! = たまらないほど魅惑的)、ホッホッホ」

などとおっしゃる。カフェの奥のチョコレート売り場で、三つだけ、高級そうなチョコレートを私達のお土産に買った。

夜はアンが夕食の用意をしてくれた。ピーターはまた何かの会合で出ていった。買い物を見せたり、彼らの日本に行った時のアルバムを見たり、アンの話を聞いた。彼女の言ったことで面白かったのは、自分は「ノマッド（nomad）＝放浪者」であるということ。彼女の関心の広さ、興味の多様性を物語る。彼女はオーストラリアの生まれで、看護師と助産師の資格をとり、世界中を旅して歩いたそうだ。四十歳まで、保健師の仕事をし、それから、美術学校に行ってドレスメーキングの勉強をし、アトリエを開いたのだという。今度生まれ変わったら、地質学者になりたいという。私の世代の日本の女性ではなかなかできない人生だ。主婦はせいぜいパートで仕事をするか、カルチャー主婦になるか、キャリアウーマンはその仕事一筋。「ノマッド」は最近日本の若い人の雑誌にも出る言葉である。みんな憧れているんだなー。アンの人生は興味深く、話は尽きなかった。

階段下の正面に、下りていく時必ず目に入るポスターが張ってある。それには、「私達皆一緒に上手くやっていけるよね」（Can't we all get along?）と、踊るような文字で書かれている。アンもピーターも毎日ガレージに行くにはこれを目にするに違いない。そして、ベイスメントに滞在する客もこれを見ながら自室へと戻って行くのだ。これはダーリン家のモットーだ。彼らの好奇心の旺盛さと寛大な心をよく表しており、彼らのメッセージだと思う。アンの話を聞いたあと、階段を下りながら見るこのメッセージはいっそう深く心に訴える。

◇触れたアメリカン・スピリット

アメリカの国立公園レーニア山　八月二十日、二十一日（火、水曜日）

今日と明日はレーニア山観光、今回のステイの中でも一番のハイライトだ。ランチはアンが用意してくれた。それぞれに一リットル位の水筒に入った水を渡される。九時ピーターの車で出発。昨日までのお天気とうって変わって曇り空である。先回のアメリカ旅行で訪問したエナムクロウの村を通って山の方へ向かって行く。途中、アンは村の雑貨屋で馬用のシャンプーを買う。自分のアトリエの藍染めの布の色抜きに使うのだそうだ。またカフェ＆お土産屋でコーヒーを買う。カウンターにおいてあるお土産用の小物から、アンは目敏くリングを見つけて、私のエセ猫目石の隣の指にはめて、

「これはプレセント。この指に銅のリングをはめておくと、健康になるのよ」

と言う。

「あー、だんだん、アン先生に似てきたー」

と嬉しがる。

『マウントレーニア国立公園』入り口では老人パスを見せる。一度もらえばずっと有効なのだそうだ。アンは毎回入園料を取る方がいいと言う。特徴的な帽子をかぶった管理者が入園料を徴収し、入山者の数を数えているのだそうだ。一定数に達したら入山できないらしい。

「モトコ、何時でもストップと言ってちょうだい。写真を撮るといいわ。あっ、ピーター、止めて。あのコラム状の岩を撮らなくちゃあ」

と彼女は行く道すがら、説明したり、車を止めさせたり、自分でも写真を撮ったりと忙しい。

氷河が作った河や滝など見ながら、まずサンライズまで行く。ツガ、モミ、アラスカスギ等針葉樹の茂る山を登って行くにつれて、道端の花々が高山植物らしくなってゆく。

「国立公園内では決して植物を採ったり、トレール以外の道を歩いてはいけないのよ。でも、時々、花が私のポケットにジャンプ・インすることがあるの。あー、あそこにもここにも、お花がきれいだこと！　モトコ、写真を撮ったら」

と勧められて、一人自動車を下り、通り過ぎた道端の花々の所まで戻り、写真を撮る。赤いインディアン・ペイント・ブラシ、ピンクのデージー、白いベアグラス、ブルーのルピナスのような花等々。相変わらずの曇り空、霧のような雨も降ってきた。名前のわからない小さな花をそっと摘んでポケットに入れる、帰って調べてみよう。

十数メートルも離れた車に戻ると、

「今、あなたのポケットに花がジャンプ・インしたでしょう。こんな所で、ジャンプ・インさせてはだめよ。今、パーク・レンジャーの車が通っていったわよ。一〇〇ドルの罰金をとられるわよ。Be more discreet（もっと慎重に）」

とアン先生はしっかり生徒の監督を怠らないでいた。こわーい。実際、すこし先に行くと、一台の車がパーク・レンジャーの車に止められ、若者が何か言われていた。

「スピード違反かなにかでしょ」

とアン先生。

サンライズの山小屋で昼食。アンの手作りのバジル風味トマトとモッツァレラチーズをフランスパンに載せただけ。彼らは決してハンバーガーやホットドッグは食べないそうだ。本当はここからもレーニア山が見えるはずだという。雲と霧が益々濃くなって何も見えなかった。道を引き返し、レーニア山のもう一つの登頂ポイント、今夜の宿泊地パラダイスに車を走らせる。くねくねと蛇行する山道は舗装されているが霧がかかり、車はゆっくりと進む。アンの運転に代わった。

途中レーニア山をトレッキングしてきた子供と若いお兄さん達のバン三台グループと一緒に、氷河の作った深い渓谷を眺めた。子供達は泥にまみれていたが、大自然の懐から今降りてきたばかりの興奮と満足の表情をたたえていた。ケイの少年の頃の顔と重なって見えた。

「パラダイス・イン」に到着、四時。外気温華氏四十三度（摂氏六度）を示す。「パラダイス・イン」はステキな山小屋だ。大きなシダーをふんだんに使った木造である。二階まで届く石作りの暖炉がラウンジの両端で赤々と燃えている。シダーのよい香りがする。暖炉の前には人々が寝そべったり座ったりして憩うている。天井はとても高い。高山植物を描いたランプシェードを付けた美しいランプが無数に下がっている。アンの説明によると、シェードは紙と羊革をミックスした素材でできているのだそうだ。厚い木製のベンチやテーブルがゆったりと置かれている。かなりの数の客がいる。

ピーターがチェックインの手続きをする。私たちの部屋は一シングルベッドと一ダブルベッドの三人部屋。シャワー、トイレ付きである。一四六ドル。バスなしの部屋もあるらしい。全部で百十七部屋、海抜一六四六メートル、一九一七年に建てられたとパンフレットに書いてある。五月の半ばから十月の一週目までの間だけの営業。なかなか、予約が難しいそうだ。

荷物を下ろす。ポケットから小さな花を取り出し、パンフレットの間に挟もうとすると、アンは目敏く見つけ、「だめ、だめ、かして」とトイレットペーパーを取りに行き、その上に並べて、「私のこの本の間にしっかりと挟んでおいてあげるから。ほら、私のもこうして」と、いつの間にかアンのポケットにジャンプ・インした、インディアン・ペイント・ブラシの花一枚を取り出した。なーんだ、アン先生もやったな。

ラウンジに行く。アンとピーターはソファーで本を読んだり、スクラッブルという言葉遊びのゲーム盤を早速見つけて興じたりしている。私は日本人の観光客に徹した。まずはお土産屋を覗くこと。絵葉書、ローソク、レーニア山のジグソーパズル。片隅にオープンしている山の郵便局で「ここから日本に出す絵葉書に張る切手をください」と言って、お婆さんの郵便局員から美しい切手を七枚買った。二階に上がって写真を撮ったり、人を眺めたり。窓際のテーブルで絵葉書を四枚書いた。家のおじいちゃんおばあちゃんには、

「私はこちらでとても楽しく勉強しています、しばらく不自由でしょうが、お元気にお過ごしください」

と突然の主婦の家出を慰めておいた。大きな木製の熊さんの郵便ポストにぽとりと入れて日本

の人へ少し義理を果たした。

七時、夕食。広いダイニングは人で一杯。家族連れが多い。夏のバカンスに来ているのであろう。ウエイターのお兄さんとアン&ピーターはすぐにうち解けたふうに冗談を言ったり、個人的なことを尋ねたりしてメニューを決める。ピーターはバッファローのミートローフ、アンと私はサーモンを注文。

「ここはあまりお味が期待できないのよ」

とアン。確かに大味で家で食べる野菜とは大違い、インゲンも人参も冷凍物かもしれない。サーモンにはクランベリーのソースが付いていた。あまりしっくりする取り合わせではない。サーモンは多すぎてすこし残した。デザートを彼らは取らなかった（彼らはダイエットのため甘い物はなるべく避けている）が、私は、チョコレートのムースを取った。量はさほどではなく全部たいらげた。

ウエイターの青年はアルバイトらしい。仕事の合間にはスキーをしてすばらしい日焼けをしている。客とウエイターの青年がこうしてとてもうち解けて会話をするのが珍しかった。アンはその間にも観察が鋭い。

「後ろの三人の家族を見てご覧なさい。みんなそれぞれ本を読みながら食事をしているわよ、話すことがないのかしら。あちらの一族は何か問題があるのよ。しきりに話しあっている」

さらに、お隣のテーブルで一人の人にも注意を注ぎ、

「あら、あなたのその本は、今、私の最大の関心事、題名をノートさせてね」

と手帳を取り出す。

九時からラウンジでこの国立公園の専門家のスライド・ショーと話があった。五、六十人の参加者をみた。パーク・レンジャーは上手にみんなを話に引き入れていった。この参加者の国籍、年齢層、髪の色等の違いから、この地球の生態の多様性と自然界のサイクルを説明するものだった。出身州を聞き出し、さらにそれに当てはまらない人には国籍を聞いてきた。シンガポールや中国やベルギー等、日本は私一人だった。

部屋に帰って就寝。ピーターは、鼾をかくかもしれない、その時は寝間着を引っ張ってくれと言う。

「キックします。でも私もわかりませんよ。とても疲れている時は鼾をかいているとタダシがいうから」

彼らはすぐに寝間着に着替えると歯を磨いただけ位の素早さでバスルームの使用を終え、ベッドに潜り込む。私は日本人。一日の汚れはシャワーで流さなくては。歯を磨き、顔を洗ったら、ローションにナイトクリーム。静かに静かに寝る支度を調えてベッドに入った。ピーターはすぐに軽い鼾を立てて寝ている。アンは全く静かだ。私は人が眠れないでいると、自分も眠れない。アンが眠っているのかどうか気にかかった。なかなか寝付けなかった。

朝、起きると、みんな天気を気にしていた。今日こそ晴れるように。昨日より少し雲が薄いようだ。しかし霧がかかっている。朝食はビュッフェスタイル。果物も家で食べる方がずっと美味しい。朝食後、インの周りの小径を歩いた。色とりどりの山のお花畑であった。アスファルトの小径をちょっと踏み外しても、アン先生は「だめよ」と厳しい。このお花畑の向こうに、雪を抱いたレーニア山が見えるはずなのだが。

駐車場に出ると昨日より雲が薄い。一瞬、雲の切れ目があり、レーニア山の肩の一部が見えた。「あー、見えた！　あー、隠れた！」と喜んだり嘆いたり。昨日全く霧に隠れていた湖にも行ってみた。ここからも別の山並みが見えるはずなのだという。山は映っていなかったが、静寂につつまれた湖は周りの針葉樹が美しい。再びインの近くのビジターセンターに行く。円形の近代的な建物にレーニア山の登山や開発のパネル、動植物の説明等がある。アンのくれたパンフレットは日本語版で、「ご注意　レーニア山の森の奥にはビッグ・フットが潜んでいます」という書き出しで、ビッグ・フットとは「ハイキングトレールを外れて人々が付けた自然破壊の跡を意味している、ビッグ・フットになるのは絶対に止めましょう」と書かれていた。熊の足跡ではなく、人間の足跡が如何におそろしいものかというアピールであった。

アンは椅子で本を読んで待っているという。ピーターと私はトレールを歩くことにする。霧がかかっているが、眼前の meadow（草原）は色とりどりの

レーニア山、本当はこのように見えるはずだった

山の花で一杯だ。ヒースの灌木もピンクの花を咲かせている。今年は花が遅く咲いたそうで、夏の終わりというのに、いつもの年の最盛期と変わらない美しさだという。日本の高山植物をたくさん見てきたが、それらとは、ちょっと趣が違う。小さくなく、大きすぎず、草丈三、四十センチ位で色々な花が交じり合って咲いている。赤、白、黄、ブルー、紫、ピンク、そしてその向こうには霧にかすんだ大きなシダーの森がある。ピーターがそっと足を止めて私を手招きし指さす方を見ると、鹿の親子がいる。「わー、かわいい！」とそっとカメラを取り出しナイス・ショットを得た。一時間位トレールを登って行った。親子やカップルの鹿を何頭も見た。人も多くなく本当に気持ちがいい。

「あー、気持ちがいい、満足しました」

とピーターに言う。下り道で、日本人の親子連れに出会う。私は彼らが日本人だとわかったので「こんにちは」と声を掛けてみた。奥さんが驚いて「どこから来たのか」等と日本語でしばし立ち話をした。在留の日本人らしい。子供達は英語で挨拶した。

アンの待つビジターセンターで、ピーターはアンに報告する。

「モトコは、satisfied（満足した）と言ったよ。ジャパニーズ・ブレイクもしたし」

と、ピーターも満足そうである。アンの運転で帰途につく。

「私達は精一杯努力したわね」

とアンがいう。

「レーニア山を見せようという努力ですか？」

と聞くと、そうだという。私は、つたない英語ながら、

「日本の山の経験からも知っているが、山の天気は気難しくて山の全容を見るのは本当に難しいものです。私は、あの綺麗なお花畑や野生の鹿が見られてとてもハッピーだった」

と一生懸命感想をのべた。

来た時とは反対方向、つまり、レーニア山をぐるりとまわる格好で車を走らせていく。両側が美しい針葉樹の道を通るとアンはきれいでしょ、気持ちいいわね、と何度も言う。山裾の何軒かのレストランに車を止めて、ランチの品定めをし、ついに一軒の古い家を改装したという（彼らにはそれがわかるらしいが、私には綺麗な家としかわからない）古い木の水車のあるレストランに入って、昼食を取った。私はサンドイッチ、彼らはクレープ包みのようなもの。平凡な田舎道になると、ピーターにも私にもお昼寝していいわよ、といってクラシック音楽に変えてくれる。

ピーターも私もこっくりこっくりと寝てしまった。

目が覚めると、タコマ郊外のPuyallap（ピュウラップ）だという。綴り字と発音が違ってむつかしいでしょう、とアン先生。

「ピーター、見てご覧なさい、こんなに開発されて！ ugly（醜い）建物がどんどん増えてきたわねー」

とアンは嫌悪感一杯である。このあたりでも、日本の都市の周辺の農家と同様、農業では次第に立ちゆかなくなって、農家は畑や牧場を売って現金を得る方を選ぶらしい。

四時帰宅。ピーターはショッピングへ。アンは夜七時から会合があるという。私は自室でシャンプーをしたりして、ゆっくりする。六時半、慌ただしくピーターが用意したのは、エスニック風シュリンプとライス。美味しい。ピーターシェフは腕がいい。明日は私がカレーを作りましょうと提案する。アンが出かけたあと、宿泊代と二日間の飲食代の三分の一をお支払いする、一一一ドル。夜は、彼らの中国、タイ、インド旅行のアルバムを居間で見る。どれもよく編集されており、写真もみな上手だ。感心してしまう。

十時前、まだアンは帰ってこない。テレビを見ていたピーターに写真の感想をいい、私の写真も見てもらう。

「私のはほんとにあんまり上手じゃないんですが……」

日本人の謙遜を言葉にする。ピーターはペラペラと捲ってみて、

「そんなにDon't be apologetic（言い訳するな）」

と機嫌が悪い。

「では、おやすみなさい」

と言うと、

「今夜は鼾をかく人もいず、一人でよく寝られるだろう。よくお休み。グッド・ナイト」

と言う。

階段を下りながら、「ピーター、あなたも今日は夫婦二人で、変なガイジンに気兼ねなくよく眠れるでしょう」と言ってやればよかったと、何も言い返せなかった自分が歯がゆくなる。せめて「あなたもね、セイム・ツー・ユー」位は言えばよかったのに。とっさに英語が出てこないなーと嘆かれる。釈然としない思いで、階段を下りてゆく。

ホームシック

八月二十二日（木曜日）

階段を上がりながら、気が重い。昨日の夜の別れ方が心にひっかかっている。でもしかたがない、この階段を上がって行かなければならないのだ、自分が選んだ道なのだから。とにかく、明るく、「グッド・モーニング、ピーター」と言わなければならない。

「よく眠れたかい、モトコ？」

「イエース、まあまあよく眠れました、一人でしたからね」

と多少皮肉を込めて言うつもりが、「アロウン（alone）」と言わずに「ロウンリー（lonely＝寂しく）」と言ってしまったらしい。アンがさっと反応して、

「ホームシックね。今日はタダシに絶対電話しなさい。電話代なんかたいしたことないんだから、充分長く話すといいわ」

とおっしゃる。そういわれると、本当にホームシックに罹ってきたみたいだ。言葉の力は恐ろしい。そうかもしれないという気がしてきた。

ピーターはボランティアの仕事で、監獄にいる若者のカウンセリングに出かける。アンは手早くマフィンをつくる。色々な干し果物を入れて、バターはごく少なく、さっと混ぜるやり方を教えてくれる。何事も手早い。籠に入れ、風呂敷に包む。以前引き受けた交換留学生がくれたものだそうだ。彼女はホームシックに罹って毎日日本の母親に電話していたそうだ。

「その頃はまだ電話代も高かったのよ。日本語のわかる友達に助けを求めたりしたわ」

「風呂敷はいい、私はポットラック・パーティーの時はいつも風呂敷に包んでいく」そうだ。


今日は私を友達のサリーの所に連れていくと言う。サリーはアンがタコマに来て最初に出会った友達で、今でも一緒に水彩画を描く間柄という。weaver（編んだり織ったりする人）で、お互いに興味深かろうと会う時間をアレンジしてくれた。彼女の家も古い家で、改装して住んでいるという。彼らにとって、古い家というのはとても価値のあるものらしい。ちょっと変わった家で古いものものもモダンなものも一緒に混然とあるそうだ。十一時出発。近くの湾のそばで時間はからない。サリーが出てくる前に犬が親しげにご挨拶。サリーは外見に全くかまわない人だった。ジーンズの上着の襟は中にたくり込まれたまま、その上、今日はブルーベリーの蔓で思い切り打ったそうで、唇が紫色に腫れている。アンは長いこと会わなかった友人のように、また傷の具合を心配したり笑い転げたり、親しげな挨拶に忙しい。娘さんとそのベビーもテキサスから里帰り中だとか、出てきて挨拶する。赤ちゃんがお昼寝中なのでそっと家中を案内してくれる。

サリーの家はあらゆるものが置いてあった。息子さんが作ったサイドテーブルは、魚のカレイを象った木とガラス製のアブストラクトな足がついていた。色々な籠があった。

「これは何でできていると思う？」

「魚の骨か皮かなにか？」

「近い！　クジラの口の髭で編まれているのよ」

などと人を話に引き入れながら見せていく。木の皮や蔓、草等は当たり前であるが、一番驚いたのは、昆布で作ったざっくりした籠だった。普通の素材でも形が対称的でなく美しいカーブを描いてとてもユニークだ。賞をもらったというショールの織物も見せてくれた。畳むとバッグになるような工夫がしてある。とにかくユニークなのだ。アンが連れてきてくれたわけがわかった。アンと似ている。

「モトコの籠を今日持ってきて見せてくれるのかと思った」

「だめよ、今、ビューティフルな生け花が入っているのだから」

籠を写真に撮らせてもらって、テラスでお茶する。アンのマフィンと好きなお茶かコーヒー。娘さんはハーブティーを飲んでいた。こちらでティーといえば紙パックのものである。猫も出てくる、犬も参加する、赤ちゃんが起きてきて、アンは可愛くて仕方ないといった風情である。彼女は、以前、助産師さんをしていたせいか子供が大好きでたまらないようだ。

一時間位でお暇する。郵便局に寄って、アンの中国から送ったものが着かないのでその交渉に時間がかかった。待っている間、ある黒人女性から十セントを求められる。「あ、これがもしかしてbeggar（物乞い）なのか」と思うが、五セント玉で差し出すと、それに見合う小銭を私の手に載せてくれた。彼女は自動販売機にその大きさの硬貨が必要だったのだ。疑ったことを恥ずかしく思った。

お昼は何か残り物を食べるという。ホームシックに罹っている私は、それらしく、持参のドライ・フードの玄米粥を取り出してくる。アンは冷凍の野菜スープを戻して、私にも勧めるので頂く。テラスに座り、二人でゆっくり食べながら話す。家族の話、嫁姑の葛藤、夫婦の話、女性の地位、社交生活、友達の話。私が家の見取り図を描いて説明すると、アンは大変納得して、私の話がこれでよくわかった、写真と合わせて、日本の生活がよくわかったと満足である。アメリカ人は家の写真などが好きよ、とチヒロさんに言われていたので、家の中や、畳でくつろいでいる姿、庭の写真を少々持ってきて見せたのだ。

食後、

「モトコ、日本のお茶を飲むか」

と聞く。私がホームシックになっているから、日本茶が恋しいに違いないと思っているのか。

私は、

「アンは日本の抹茶は好きか」

と尋ねると、

「もちろん。日本旅行の時何度も飲んだ」

との答え。

「じゃ、私が持ってきた抹茶を点ててあげましょう。お菓子もある」

と、自室からお茶道具一式、お菓子「ひよこ」を風呂敷に包んで持ってくる。私の使っていた萩焼の茶碗、茶筅、茶杓、棗にお茶を入れ、台所のカウンターでお湯を沸かし略式ながら作法にそって点ててみる。泡が真ん中にふっくら立ち上がるように、フィニッシュは特にエレガントにきめる。

「おー、ワンダフル！　エレガント！」

雪月花の模様の付いた懐紙にお菓子を載せて、これも喜ばれる。私のお茶は食器棚の中の深めのお椀に点てた。やはりあまりよく泡立たず私の持ってきた抹茶茶碗が引き立った。

ピーターから電話が入る。

「今、モトコとお茶を楽しんでいるのよ。"Life, Love & Pursuit of Happiness"（人生の話）をしながらね」

とアン。ピーターはうらやましがっているそうだ。彼は甘いものが大好きで、一人っ子の彼にお母さんはいつもデザートにお菓子を与えていたそうだが、健康教育講座で講師をしていたアンの管理下、今は滅多にデザートにお菓子を食べられない。そういえばモールで買ってきたチョコレートを、ピーターは、

「モトコ、何で僕が甘いものが好きだって知っていたの。わー、嬉しいなー」

と喜んで食べていたっけ。私が持ってきた小さな干菓子の箱も即座に戸棚にしまわれた。

「ピーターに見せるとこれくらい一度に食べてしまうからね。オー、ワンダフル！　この小さなお菓子になんと繊細な模様がついていることか！」

五時過ぎになると、アンはタダシに電話するように強く勧める。今、日本時間で朝の九時頃だという。自室の電話で、

「もしもし、モトコよ」

とかけるとタダシはびっくりした様子で、

「元気のない声だけど、どうした？」

と聞く。

「元気よ、でもアンがどうしてもかけろというもので」

かくかくしかじか、昨晩ピーターとの違和感を、とっさに英語でやり返せなかった残念な気持ちを述べる。

「一日中、英語だからね、くたびれるだろう。ケイが言うように、二週間がベストだというのが

正しいか。こちらは何も心配することはないよ。元気で頑張ってくれ」と励まされた。やっぱり、じんと来るものがある。「チャレンジ！」と自分を励ましながら階段を上がって英語の世界に戻った。

「タダシも元気にやっています。私も元気が出てきた、電話をして良かった、有り難うございました」

とアンとピーターに報告する。

あー、遅くなった。カレーライスを作らなくちゃ。お米は水に浸しておくのだよ、とお米の炊き方をこの前講義したばかりではないか。彼らはあまり辛いものは食べないようだ。ルーは規定量の半分しか使わず、油も控えめ、タマネギをよく炒め鶏肉と人参、ナス、ズッキーニでアルデンテに仕上げた。七時前、ピーターが来て言う、

「モトコ、僕が言っていなかったかもしれないけど、今日は七時三十分から出かけなければならないんだ。いつ頃、夕食は食べられるのかな？」

そんなこと聞いたかもしれないけど、聞かなかったふりをして、

「オーケー、何時でも食べられますよ。さあ、食卓の用意をして」

と、手早く盛りつけてあげる。

「おー、なんて美しい色合い。カレーが日本の代表的料理だとは知らなかった。うーん、デリシャース！」

アンもピーターも日本に旅した時、一度もカレーは食べなかったそうだ。

カレーライスは日本のサラリーマンの代表的ランチ、かつ、キャンプの定番。ルーを残していってあげます、と美味しいカレーの作り方を伝授する。アンはお代わりもする。食べ終わると、アンは、

「食事の支度をした人は後片付けをしなくていいのよ。それがここの決まり。モトコ、座って、レーニア山がピンク色に染まって暮れてゆくのを眺めていなさい」

ピンク色に染まるレーニア山の夕暮れ

と優しい。やっぱり人に何かしてあげる方が、してもらうよりいいなーと夕景色の中で思った。

夜、自室の私を呼び立てるので、何事かと階段を上がっていくと、お隣のジャネットが電話してきて、

「山の端に真っ赤な満月が出ているよ」

とのこと。外に飛び出し、月を眺めた。なんと優雅なことではないか。あっちの家と、こっちの家と、満月を眺めてしんとしている人々がいるとは！

ホームパーティー　八月二十三日（金曜日）

八時半にお掃除のお姉さんマゴンが来る。彼女はリック&フランシーの娘さんで隔週にお掃除に来てもらっているそうだ。週四日は保母さんの仕事をしているという。アンは昨日から家中散らかっているものをどんどん整理していた。私も自室を一応あまり見苦しくなく、掃除がしやすいように片付けておいた。アンは六時半には起きてマフィンを焼き、五人の友達の「朝の集まり」に行ってきたそうな。なんとエネルギッシュなアンよ！

今晩は、ここダーリン家とお隣のジャネットさんのうちで、ホームパーティーがある、両家で五十人位の人が来るそうな。ポットラック・パーティーで教会関係の人の集まり。カジュアルなものだそうだ。ピーターは朝食後早速鶏肉のメイン料理の用意に取りかかる。二十五人分。フード・プロセッサーを使うと、どんどんはかどる。アンは洗濯をしながら部屋を片付けたり、マゴンにコーヒーを入れてやったり、メールをしたり忙しい。私には五つのテーブルに置く花を生けてくれと言われている。洗濯室にこもって、庭の花や木の枝で一つずつ花瓶に合わせて生けていく。和風な水盤には剣山がいれてある。いつもオアシスで気楽に生けていたので、剣山に生けるのは結構むずかしい。和風を三つ、洋風を二つ生けた。花材は、庭の花とブッシュの枝や木の枝、草の葉なども使った。松に折り紙で鶴を折ったものを竹串の先に付けて取り合わせた。たっぷり時間をかけて楽しんで過ごす。

アンは時々覗きながら、大変だねー、みたいなことを言う。

「いいえ、今日は英語の勉強がお休みできて嬉しいです」

と答える。タコマのカレッジでアートを教えているという女性も訪ねてきたが、いつものように、「モトコは来てすぐ籠を作り、フラワーアレンジメントをしてくれた」云々の紹介をする。アートの先生に見られて恥ずかしいのだが、にこにことこれはどう思うか、と応じておく。弱気はだめ、これが日本人の美的感覚なのじゃーというふうに強気に応じなくては、と自分を励ます。

午後マゴンが私の部屋のお掃除も済みましたと言うのでお礼を言う。

「厳しいアン先生が、覚えの悪い生徒に業をにやして、罰にお掃除をさせると言っていたので、助かった」

と言うとアンも大笑い。二、三言葉についてマゴンに質問をする。ここでよく耳にする「ファビュラス（fabulous＝ステキ）はイギリス的な語」「クール（cool＝カッコイイ）はまぁ、アメリカ的な若者言葉」と知識を得ておく。四時、帰って行った。ホームパーティーもこうしてお掃除の助け人を頼むと、かなり楽に開けるのではないか。日本ではなかなか家にお客を呼ばないのも、住宅事情や主婦の負担の大きさにもよるなーと思う。

テーブルもセットしてあとは客を待つばかりという時、お隣のジャネットが電話で家のお花のアレンジメントを見に来ないか、とお誘いがある。喜んで行く。彼女の家も綺麗にセットされて客を待つばかりである。彼女の生け花も空間を大きく取った自由な形のものだった。しゅうめい菊、ダリア、ブドウの実と蔓、二人で空間の美を賛美した。

六時になると次々にお客が到着した。ホスト役のアン&ピーターは陽気かつ気軽にハグをして挨拶、くじを引かせて、客をアン家とジャネット家に振り分ける。私のことも「house guest（うちに滞在しているお客）のモトコ」と紹介する。何人かはあなたのことはアンから話に聞いている、会えて嬉しい、と言ってくれる。メアリー&ボブ夫妻は特に私に興味を抱いているようで、メアリーは色々尋ねてくる。特に日本の女性の問題、親娘関係、嫁姑関係、老親の介護の問題など、自分も色々経験してきていてその話をする。ここに来た最初の晩、私は同居する義父母にこのホームステイの計画は事前にいっさい話さず、出発の朝になって半月の留守を告げた、とアンとピーターに話した。彼らは一瞬沈黙し、次に、

「わー!!『いってきまーす、アメリカに』って言ったの!?」

と笑い出した。

「だって、事前に知らせると、年寄りは主婦のいない不安から身体の故障を起こして、結局出かけられなくなることがあるのですよ」

と弁解しようとすると、

「わかる、わかる。モトコ、あなた、やったわねー!」

と感嘆されたことがあった。

メアリーは自分も老親の介護、とはいっても、ここアメリカではナーシング・ホームに入るのは当たり前なのだけれど、それでも娘としてまた嫁として女が男より頼りにされるのは日本と変わらない事情を語る。今はピアノを弾いたりして、穏やかな日々を過ごしているそうだ。

「そんなあなたの楽しみは何?」

とメアリーは聞く。

「私の楽しみはこうして家出してホームステイをしていることですよ」

と答えると、

「ほっほっほ、あなたはbrave（勇敢よ）！」

と納得したようだ。私にもっと聞きたい様子であったが、彼らはジャネットの方の客になって行ってしまった。

台所でそれとなく手伝っている人の良さそうな女性アイダ（アンの朝の会のメンバーの一人）が私にあなたの席はテラスの奥のテーブルよ、と教えてくれる。アイダ夫妻ともう一人老婦人が相客であった。だいたいが熟年夫妻の集まり。「もっと、若いメンバーが欲しいのだけれど」とアンが言っていたっけ。若い人も二、三人は見た。アイダはアンティーク商品を商っているそうだ。同席の老婦人は声がしわがれて聞き取りにくいが、派手なピンクのケーキを作ってきた人だと分かったので、あとでケーキを取ってきた時、美味しい、美しいと褒めた。

メインの鶏肉の椎茸ソース焼きはピーターがオーブンで焼き、みんなお皿を持って並んでよそってもらう。サラダは持ち寄りのを何種類か自分でよそう。飲み物もセルフサービス。

「テーブルの花はあなたが生けたんだってね、すばらしい。私は特にこれが好きだ」と私も自分でも一番気に入っている和風のものを指して言ってくれる人もいた。

私達のテーブルにやって来て、座り込んで話していく人もいる。

「日本のどこから来たのか。自分は息子が水産関係の仕事をしていて、広島に行ったことがある。新幹線はamazing（素晴らしい）！　一分の狂いもなく、滑るように出発する。ゴルフに行くと、レディーがカートを押して、ブッシュに飛び込んだボールを探してきてくれる。marvelous（驚いた）！」と夫。

「私達は結婚六十年のお祝いをしたのよ。七月の初めに、子供、孫、曾孫、みんな集まってくれて楽しかった。あなたのお子さんは？　そう、娘さんは近くにいるのね、よかったわね。私は娘の家の猫を毎朝晩、家に呼び込みに行くのよ。その猫ちゃん、私の声でないと家に帰ってこないのよ」と妻。等々。

私は家族のことや、夫のゴルフ嫌い、レーニア山の花畑が綺麗だったこと、アン&ピーターのお陰でここで色々な人々に会えて嬉しい、等々喋る。みんな、あなたの英語は素晴らしいという。

「こんばんは」と日本語で言う人もいた。風もなく穏やかな夕べだ。赤い丸い月が出た頃、会はお開きになった。

アンは居残っておしゃべりをする人の相手もしながら前掛けをかけて、どんどん片付ける。「食事を作った人はお皿の片付けはしない」と言うのはほんとうだ。一人酔っぱらいがいるとアンが言っていた人は、最後まで居残っていた、小学校の先生を先頃辞めたという女性か？　彼女は、もう少しゆっくり喋ってあげてというアンの要請を無視して、べらべら喋りまくった。最後の客は私の籠を見て、こんなのがもらえるんだったら、今度は私の家にステイしてとお世辞を言って帰っていった。片付けのお手伝いはちょっとしただけで、もうあなたはお休みなさいという。皿やグラスは食器洗い機にもう一回分残っているのだが、失礼させてもらった。十時、自室へ。

したいことをする私　八月二十四日（土曜日）

シアトル観光はしなくてよいのか、何かしたいことはないか、としきりに聞かれる。もう充分色々経験したし、シアトルには行かなくてもよい。それよりも、タコマ市の美術館へ行きたい、と答える。

「ここの滞在の約束は何だったか覚えているか？」

とアン先生。

「イェース、私がしたいことを言うことでーす」

「そのとおり」

とアン先生はにっこり。ピーターも、

「モトコはしたくないとはっきり言うからよい。多くのステイ客はお任せします、何処へでも行きます、と言うんだ」

とおぼえがめでたい。

今日は十時に家を出て、旧タコマ・ユニオン・ステーションで開かれる「ビーズ・フェスティバル」に行き、アンもそれを見て、十二時に別れ、三時半に私をピックアップしてくれるという。わーい、今日はまた自習勉強だぞ、やったー！　ビーズ・フェスティバルは大変な人出である。入館までも三十分位かかった。館内は自由に見て回って、十二時にあなたを見つけてあげるとアンはいう。

「いいえ、それには及びません。アンさんはこれからも一日忙しいのだから、私には構わず自由にしてください」

と申し入れる。「あなたは、ヒップ・ツー・ヒップの人ではないのね（いつもくっ付いていないと不安な人）」と、以前ジェスチャーと共にその言葉を教えられていたので、それを実行する。

旧駅舎の一、二階に二十位の出展者がそれぞれの作品や材料を並べたカウンターを出している。ほとんどは材料を買いたい人々のようだ。何処でも流行のクラフト・クレイジーな人がいるのだなー。ざっと見て回り、私はビーズ手芸をするわけではないが、何か買わないと気がすまない。

あるコーナーでガラスの手作りの指輪を売っていて、その一つがどうしても「私を連れてって」といっている気がする。イレジスティブルである。ちょっと小さめかもと危惧しながらも買ってしまった。また別のコーナーでガラスの丸い玉の中に朝顔の花が埋め込まれたように見える飾り物も可愛くてお土産用に買った。さらに、会場の手芸愛好者の熱気に煽られてビーズと紐と金具を組み合わせたキットも買ってしまった。キットも組み合わせると、結構なお値段である。五、六〇ドルか。英語の説明書を入れてくれる。ちゃんとできるのか？ と高いお買い物にちょっと気が咎めた。地下に行く。ショッピングに出るとトイレを使用することが多い。出るものも出やすい。緊張から解放されるのかしら。

十二時三十分グラス・ミュージアムのカフェで食事。受付のウエイトレスのお姉さんの英語はちっとも聞き取れない。彼女も諦めてジェスチャーと事実を示して、

「席が今空いていないのでウエイティング・リストに載せて待つか」

と聞いてくる。

「オーケー、待ちます」

しかし前のリストの人が現れなかったので、すぐに席に案内された。

メニューを持ってきたお姉さんはまた別の人。この人の英語はわかりやすかった。半量のサンドイッチとスープの組み合わせにした。モールのカフェでサンドイッチが大きくて往生したから。

メニューをずっと読んでいくと、なんと「アーティチョーク云々」とあるではないか。私のメール友達で何人かがアメリカではいつもアーティチョークを注文したと聞いていたので、私も試したい。お姉さんに、

「これはどの位の大きさか？　食べきれるだろうか？」

と聞いてみた。

「もし、多すぎるようでしたら、お持ち帰りになれます」

と親切に言ってくれる。それで、アーティチョークも注文した。

四人掛けのテーブルを一人で占領して、目の前はガラス越しに外も眺められる。ゆっくり食事した。アーティチョークはたいして美味しくはなかったが、盛りつけがとても綺麗で半分はドギー・バッグに入れてもらった。お勘定の時、チップの計算が暗算で難しい。一六・八一ドルなのだが、多いかなと大いに迷ったが、二〇ドル支払った（あとでピーターに聞くと、それでよいと言われた。自分の判断が正しかったので、嬉しかった）。

『ヒストリー・ミュージアム』を見て、丁度三時三十分に待ち合わせの場所に着いた。アンも同時だった。新司祭候補のグレッグさんと一緒だった。タコマ市内観光をしながら帰宅。アンとグ

レッグさんと三人でちょっとお茶して、二人はまた会合に出かけていった。

夕食はピーターと二人で、昨日のパーティーの残り物で済ませた。ピーターと夕食後、久しぶりにくつろいで話が弾んだ。彼のお母さんがアンに冷たかったこと、作り笑いと義務感だけで親と付き合うのは辛かったこと、ついに親と四、五年間交流をもたなかったこと、親が涙を浮かべて謝りに来て最後の五年間はなんとか修復の時を過ごせて良かったこと、心の友を最近なくして寂しいことなど。私も私の家の事情、タダシと私と老親の葛藤等などをうち解けて話した。これからの三十年、私は私のしたいことをするのだ、タダシにもそれを了承してもらいたい、このホームステイは私だけでなく彼も変わる契機になって欲しいと話した。ピーターは「男は変わりたくないものだ。全てはあなた次第」というコメントをした。彼の言う「ハート・ツー・ハート」の話ができた。昼間の自習学習のあとは、難しい人生講義となった。

階段を下りて自室に戻り、今日買った指輪をつけてみた。結婚指輪を含めれば四本の指にリングが付いたことになる。ウッフフフ。私はだんだん変わっていく。アン先生のようになるんだ。今日はピーターともうまくいった。満足して寝た。

教会に行く　八月二十五日（日曜日）

アンは地元のエピスコパル教会の日曜礼拝の司会役を司っている。朝、七時四十五分と十時の礼拝に出る。ピーターと私は十時の礼拝に参加する。私はクリスチャンではないが、大学が新教系のもので、キャンパス内にある小さなチャペルでの礼拝にも何度か参加したし、大学の創設者はエピスコパル教会（監督派教会）によく行っていたと知っていたので、興味をそそられて参加することにした。屋根には十字架も何もついていない建物である。七、八十人の席のあるホールで七、八分目の出席者がある。先夜のパーティーで見かけた人が何人もいる。

入り口でわたされたパンフレットに、今日の礼拝の式次第と読まれるチャプターが印刷されている。アンは司祭の次の席でローブを着て威厳がある。参加者は聖書を司祭と呼応して読んだり、賛美歌を歌ったりする。アンの聖書の朗読もある。何か特別な日である人は前に出て特別な祝福をうけたり、悔い改めを行いたい人も前に出て、祈禱をしているようだ。賛美歌はピーターが持っていて私に示してくれる歌詞を見ながら一緒に歌った。途中まわりの人と握手して「あなたに平和を」と言い合う場面もあった。聖体拝受というのか、前に出て並び、パンと葡萄酒を一人一人跪いて頂く儀式もあった。ピーターは私のいいようにしてよい、という。もちろん私はクリスチャンではないので、席に止まっていた。最後に司祭がお説教をした。

「Who is Jesus Christ?（キリストとは誰なのか）。これを考えてくるのが来週までの宿題です」

という女性の司祭の言葉とともに、礼拝は終わった。

あとはお互いの連絡時間でボランティアの募集やら集会の案内やらのようだった。ピーターは「家のハウス・ゲストのモトコが今日はこの礼拝に参加した」みたいなことを突然言ったので、立って日本式に深いお辞儀をした。司祭が出口で一人一人別れの挨拶をしていた。先夜のパーティーで「こんばんは」と言った人だった。

「礼拝に加えて頂き有り難うございました」

と挨拶する。別の小部屋ではクッキーとお茶があって、暇な人はそれに立ち寄って和やかな情報交換をするらしい。ジャネットが素早く私を認めて、

「今朝またお花を摘んでいたでしょう、見たわよ」

と笑いかける。今日のお昼、ダーリン家であるランチの会のお花を生けるように頼まれていた

のだ。アンは新しい司祭の選定会議で忙しい。家に帰ると、アンと友達は手早くランチ・ミーティングの準備をしている。

ピーターと私は近くのビーチにウォーキングに行く。最近は運動不足だと嘆いていたピーターと一時間ビーチや住宅街を早足で散歩した。庭の刈り込みをしている人や、赤ん坊を散歩させている人に気軽に声をかける。ピーターはお店でも、店員さんにも気軽に声を掛けている。これはアメリカ式なのか、彼らの流儀なのか。売り家の不動産物件にも目敏い。三、四百坪はあろうかと思われる敷地にダーリン家より立派な家が付いて六、七千万位だと暗算してくれる。彼らは家の話になると熱がこもる。ランチは海辺のテラスでフィッシュ＆チップスとコークを飲んだ。私には珍しく、コークをお代わりして飲んだ。ファスト・フードもたまにはいいもので、美味しかった。

帰りに現像写真を受け取って、スポーツ・ギアの専門店に連れて行ってくれる。私が「ここシアトル近辺では野外スポーツ用品の専門メーカーが多いと観光案内にあったので、こちらでよいバックパックを手にいれたい」と望んでいたからだ。高級な方と中級な方と二ヶ所連れて行くと言われていたが、高級な方で用が足りた。専門のおじさんが用途、体型、好みの色等を聞いてピーターと私と相談し、タダシ用の登山ザックを買った。夏のセールでKELTYという高級ブランドが九九ドルだった。スーツケースに入るか心配しているが、

「いざとなったら私が担いで帰ります、よい買い物だった、ありがとうございました」

と礼を言う。

三時、帰宅。夕方はピーターが教会関係のミーティングに出席のため、早めにアンが夕食の用意をして席につく。教会の感想を聞かれる。

「よかったです。清められました。毎週、罪を清められて過ごされる信者さんは羨ましい」

と答える。アンは、

「形式的に懺悔して、態度を改めない人も多いのよ」

と厳しい。

アンに昨日のお買い物を披露して、指輪を四個した両手を見せ、だんだんアン先生に似てくると言うと、ケラケラ嬉しそうに笑った。一瞬彼女は自室に行き戻ってくると私に目を瞑って手をださせた。目を開けると、左手の中指にトルコブルーの石をあしらった指輪をはめていた。

「エイミーにあげたんだけど、数年前に、もう要らないからお母さん、捨ててって、戻してきたのよ。あなたの指にぴったりだから、あげるわ」

と、もう私の指はアン先生そっくりになった。アンの部屋で中国旅行番組を見て、八時には自室にもどった。アン＆ピーター夫妻も、夜は、お互いに忙しい一日の報告をしあったり、娘のエイミーの心配事を話したりする時間が必要だと推測したのだ。私も無理をして夜まで、英会話のお勉強をするのにだんだん疲れてきた。あと何日、と数える日が多くなってきた。ケイは正しい、「二週間がベスト、飽きてくるっちゃ」って言っていたっけ。

スピリチュアルな会　八月二十六日（月曜日）

今日はホーム・デイ。ある行事に参加したいかと何度も聞かれたが、断る。アンが、

「夜、毎週集う『スピリチュアルな会』に行くのだがもしよかったら一緒に来ないか。みんなあなたに興味をもっている」

と言うので、参加することにする。久しぶりにみんな予定のない静かな一日が始まった。庭のブラックベリー摘みをしながら、アンに二、三質問をする。卑近な質問と断って、

「夜、メークアップを落として寝るのか、朝シャンまでほっておくのか？」

「そういう質問も大好きよ。あまりお化粧はしないから、そのままベッドに入ることが多いわね」

次はもっとシリアスな質問。

「どの位長くエピスコパル派の信者をしているのか」

「ピーターは十二歳の時から、私はオーストラリアにいた時の教会とエピスコパル派の教会が似

ているのでアメリカに来て以来、信者になった。ここの教会で結婚式を挙げた」

「ピーターが退職した時、『彼はハッピーだったけれども、私はアン・ハッピーで、一日中夫が家にいるのが鬱陶しかった』と言ったように聞いたが、本当か？　私の聞き間違いか？」

「そのとおり。私は一人でいるのが大好きだし、電話にも出ずにほっておくことも多い。ピーターはまじめな四角四面な人で、しかも、いつも私と一緒に居たがった。初めは大変だったが、だんだんお互いに調整して慣れていった」

という答え。洋の東西を問わずいずこも同じ熟年夫婦の姿だなー。

それからさらにパーソナルな質問、

「アメリカ人の多くは更年期にはホルモン療法を受けると聞くが、アン、あなたもホルモン療法を受けているか、又は受けたことがあるか？　あなたの驚くべきエネルギーはその療法のお陰ではと推察しているのだけれど」

と聞いてみる。

「私は下の子を難産で出産後、子宮にトラブルがあって、子宮を一部失った。そのせいか五十歳の頃、ホット・フラッシュなどひどい更年期障害にみまわれてホルモン療法を受けていたが、一年半前から徐々に減らし、去年の初めからもう薬は飲んでいない。ホルモン療法は五年位前にはアメリカでは六十%位の人が受けているポピュラーな療法だったけれども、今、その弊害も明らかになった。

私がエネルギッシュでポジティヴなのは、若い頃からそうだったみたい。母が私の若い頃からの手紙をとっていてくれて、それを読むと自分でもわかるわ。この私のエネルギーで家族も友達も迷惑することもあるのよ、はっはっはっ」

とさらに手早くブラックベリーを摘むのだった。ウォーキングから帰ったピーターも加わって三人で摘み、はかどった。アンはすぐにオーブンの鉄板に並べフリーザーへ。冬の食料にするという。

昼食は私がおにぎりを作りましょうと申し出る。早めにお米を研いでおく。巻簾も持ってきたから、簡単に巻きずしも作ってみせて日本人の手の器用な所をお見せしようじゃないか。おにぎりの中身は一昨日のサケのローストにお醤油をふりかけよう、レンコンの佃煮もいれよう。巻きずしは人参とキュウリと卵と椎茸の煮たもので彩りよく。干し椎茸の戻し汁と昆布で簡単なわかめのおすまし。庭のアサツキを取ってきて青みとする。アンは私が台所で料理をしたり、お花を入れ替えたり、ちょっとした家事をすると通りがかりにちらちらっと眺めては、

「何かしら学ぶところがある、私が学ばなくなったら、それは死んだ時」

と言う。

爽やかな気候の中、いつものように外のテーブルで昼食。「ビューティフル！　美味しい。日本食は健康的」と讃辞を頂く。食後、「ひよこ」と抹茶を点ててあげる。持参したお茶と道具一式を小さな風呂敷に包んで、よかったらここに置いていくと言うと、ありがたいと返事がある。日本に旅行した時、茶筅を買いたいと望んだけれど、果たせなかったのだそうだ。

「この形がビューティフル、でも今ではこれも機械で作るんでしょう？　想像できるわ」

と言う。おにぎりの型抜き大小も置いていきましょうと、見せると、

「これはグッド、抜き出し易いようによく考えられている、内側も見てごらんなさい、お米がくっつかないようにざらざらの仕上げになっているよ」

と私の気が付かないことまで、一目見て見抜く。なんと鋭いアン先生よ。

ついでに、自室からアメリカで使うべく持ってきたもの全てを持ち出して、いるものは置いて

いきます、いらないものは持って帰ってもいいし、処分してもよい、と並べて見せると、どれも要ると言う。使いかけのものはビニールジッパーに入れて、冷蔵庫や食品棚にしまい込まれた。篠のクッキー皿もステキという。

「ここはオニオン染めね、裏の脚の部分の始末の仕方もよい」

と、ツボを得た褒め方をする。アン先生はほんとに褒め上手。

「あなたの英語はA^+よ。適切な表現に驚いてしまったことがある、難しい言葉を使うのではなく、簡単な言葉で適切に表現していたよ」

と嬉しいことをおっしゃる。いい気分になって、自室でこちらに来て初めて、お昼寝をした。

ピーターの用意してくれた夕食（ホタテ貝のスパイシー風味、ライス添え、とほうれん草その他のグリーンサラダ）を食べて、ゲイルさんの家へ。普通の住宅地にある普通の家のように見える。彼女はこの『スピリチュアルの会』の主催者で、以前は中部の大学でも教えていたこともあるという、ユング派の心理学者だそうで、もう七十歳を超えているとか。小さな二階の部屋で、今でもスピリチュアルなカウンセラーをしているそうだ。小柄で物静かな知的な女性である。

マーサ・アンは心理学者、カウンセラー、青少年性教育講座でアンの上司に当たる講師をしていた人。一、二年前に癌で両乳房を失ったという。もう一人はデージーで、シンガポール人の内科医師、最近モスレムになった人、褐色の肌をしている大変静かな五十歳位の人だ。彼女達の経歴はあらかじめアンから聞いていた。

台所で各自好きなお茶か水を入れたカップを持ち、小さな二階の部屋に行く。この二階の部屋というのは意味があって、キリストが最後の晩を過ごしたのは二階の部屋なのだそうだ。「宗教的な話にこだわるわけではないのよ」とあらかじめアンから聞かされていたが、やはりキリスト教がベースなのかなーと思う。「ゲイルさんはユンゲスト」と聞いて興味を持ったのだが。小さな丸いテーブルを囲んで椅子が五脚用意されている。今日は、神話について話があると、車の中でアンが言っていた。「チヒロさんに聞いたアマテラス神話はおもしろいわ」と言う。おー、予習しておいてよかった！　来る前に図書館で『あなたは日本の事が英語で話せますか』『一冊でわかる日本の歴史』『古事記を知っていますか』『アメリカ人の宗教』等を拾い読みしてきた。ユングと神話なら何となくわかりそうだ。アンはエイミーがメールで送ってきた詩をプリントアウトして持参し、みんなに渡す。まず、私に何か話してください、と言われる。

「私は仏教徒ではあるが、キリスト教には少なからず興味がある。学生時代に、また旅行先のフランスやイタリアの教会で、ミサに参加したこともある。夫のタダシはギリシャ神話やローマ神話のことをよく知っていて、食卓の会話もそういうものに及ぶことも多い。私は個々の出来事を心理学的に、また広い視野と長い歴史のスパンの中で見るのが好きだ……（ウニャムニャ）」

と述べた。するとマーサ・アンは、

「まず、驚くべきことは、あなたがかくも深淵なことを外国語で喋ったことだ。私もスペイン語やフランス語や外国語を習ったけれども、日常的なことを少し言えるだけ。マーベラス！」

と褒めてくれた。昔、英文科でなにやらわからない文学的英語を勉強した甲斐がある。日常会話ができない日本の英文科教育もこんな時に役に立つものだ。

ゲイルがプリントをみんなに配る。

「最近、北西アメリカの島に旅行し、インディアンの神話に興味をそそられた、そのうちの一つだ、一緒に読んでみましょう」

挿し絵が一つ付いた二、三枚の英文を初めはゆっくりと読んでいたが、だんだんナチュラル・スピードになる。目で追っていくのがやっととなるが、挿し絵のお陰で何となく話はわかった。

闇に包まれていたこの世に、光がどのようにしてもたらされたかというようなお話だと理解した。

「どう、おもしろいでしょう」

みんなは、

「挿し絵のこの図案は何を意味しているのか」

などと質問している。アンは、

「わたし、先日は、変な発音でいったけど、『ア・マ・テ・ラ・ス』だったわ」

そこで、『アマテラス』もまた、女神が闇をさいて光が満ちあふれる神話ですよね、と応じると、世界中にそのような神話が色々あるとゲイル。

あとは、彼女の拾ってきた石や流木や貝殻、鳥の羽根などをみんなで眺めて、難しい話はない。

「スピリチュアル」ではないなーと思いながらも、

「私も何でも拾うのが好きで、タダシと散歩の途中に木の実を拾ってポケットに入れて歩くのだが、ある時、カナダモミジの実をポケットに入れて歩いて、シャワーを浴びたら、そこら中赤い発疹が出て大変だった。それ以来、タダシは物を拾うなと厳しいのよ」

と話した。みんな笑って、アレルギーだったのねと反応してくれる。

「皆さん、日本の昔話に興味ありますか、ただおもしろおかしい話ですけど」

と言うと、

「ある、ある！」

と興味津々のようだ。

「ではアンさんの所にＣＤを置いていきます」

「じゃあ、今度、このプレイヤーで聴けるわね」

と部屋の片隅のデスクに置いてあるポータブルプレイヤーを指さして嬉しそうだ。小石にインディアンの象徴的な模様を描いた物をみんなにお土産にもらった。私のは、熊の絵柄で、「母性、自然、薬学」という意味が込められているという。参加させてもらって有り難うございましたと言って、帰途に就く。アンはシンガポール人の医師に自分の甲状腺の検査について質問していた。

彼女は静かに何か答えていた。

帰って早速、遠山顕＆モナ遠山著『ＣＤブック・英語劇場わらしべ長者』をアンにわたす。「花咲かじいさん」「ネズミの嫁入り」「貧乏神」と前に聞かせた二編が入っている。アンをはじめ彼女らもきっと楽しんでくれると思う。

英語で社交　八月二十七日（火曜日）

今日、アンはボランティアでお世話している人を病院に連れて行くという。目眩がして耳が聞こえなくなっているのだそうだ。

ピーターが私をタコマのモールに落としてくれるという。九時三十分出発。十三時三十分に前と同じ場所で拾ってくれるという。ピーターは今日こそ長らく休んでいた水泳をしたり、人に会って打ち合わせをしたりの用事があるそうだ。わーい、今日もショッピングの校外授業。モールをくまなく歩き回って、ほとんどのお土産の買い物を済ませた。昼食は前と同じ所で、以前話をしたお婆さんが食べていたベーグルにする。時間通りにピーターが現れて、家路につく。ピーターも安くシャツを買ったといっていた。車のなかで、ピーターは、アンの甲状腺の検査のことを心配していた。

帰宅すると、今夕の『タコマ美術館の新キューレーター歓迎パーティー』にはカジュアルなものを着ていくとアンが言っている。自室に引き上げて、買い物を並べて見たりして、ごろごろして過ごす。お昼寝をしようと思うけれども、またまたパーティーという慣れないものに行くので、気がたかぶっている。パンツにしよう。白いレースのTシャツでいいだろう。野外と屋内と両方であるという。寒いといけないので、Tシャツの上に黒い麻のショールを掛けて、アクセサリーもお土産用に買ったカジュアルなもの、四本の指にリング。これもみんなカジュアルなものにして、これでいいだろうかとお伺いをたてに行く。

アンは、

「うーん、モトコ、この前のスカートがいいよ、スカートにしなさい。私も黒い麻のロングに派手なアクセサリーを付けるから。やっぱりあまりカジュアルでもなさそうなの」

とおっしゃる。スカートに替えて現れると、透けた黒いショールを取って、

「寒いといけないから、この中から好きなものを貸してあげる」

と三、四枚のショールを持ち出してくる。どれもウールのようだ。その中から薄手で色の綺麗なのを取って、

「これを貸してください」

と言い、肩に羽織ってみせる。アンは、

「パーフェクト。ペーズリーは私の大好きな模様。スミソニアン美術館で買ったのよ。これは今からあなたの物になった」

と言う。

「いえ、お借りします」

と言うと、

「I'm serious（本気でいったのよ）」

と言うではないか！　えー、ほんとにそう言ったの？　聞き間違いかもしれないし……と不安になりつつ、もう一度自室に下りて鏡を見て、あまりにカジュアル過ぎるネックレスを替えて登場する。

「アン、さっきこれはモトコの物、本気よ、っていいましたか？」

と聞いてみる。

「そのとおり。これは私よりあなたの顔の色にぴったりあう。あげます」

と言う。

「ミュージアムショップで買ったって、高い物にちがいありません。とっても美しい。でも今晩だけお借りします」

と言うけれど、アン先生は一度言ったことは引っ込めない。ありがたく頂くことになってしまった。

車に乗る時気がつくと、ピーターもジャケットに着替えている。

「ピーター、ステキですね」

「ステキな二人のレディーと一緒なので着替えたよ」

と言われる。

近所の女性を拾っていく。彼女は自動車のホーンの音がしてもすぐには現れなかった。

「これが彼女の問題なところよね」

とアンは手厳しい。つんとおすましした美人のいかにも西欧人という婦人が現れた。白にピンクの風になびく美しいものを着ている。やっぱり、カジュアルじゃあないんだ、今日の会は、と緊張する。彼女は今度トルコに旅行するといっている。

「あなたの息子ケイにも会った」

と初めて聞く。いったいどういう人なのか、アンから事前に何も聞いていない。ご主人は大学の何かの先生らしい。後ろの席で二人はお喋りをしていて、時々アンが私を話に引き入れてくるので、なんとか返事をする。その婦人の名前はジャッキーであることをしっかり頭の中に書き込んだ。緊張は高まるばかりである。

レイクウォルド（Lakewold）に着く。ここは元々あるお金持ちの庭と家であったのだが、持ち主の死後、市に寄贈されて、今は、色々な催しやウエディングなどにも貸し出されている有名な所らしい。車案内係もいて、これはまたビッグな本物のパーティーに来たのかもしれない。ドキドキ。入り口で名札を胸に張られた。ピーターもタコマ美術館のサポート・ボードに名を連ねている関係で今日参加しているのだ。美術関係者、後援会関係者などが出席者のようだ。

アンとピーターは知人に挨拶で忙しい。必然的にジャッキーと私になってしまったようだ。

ジャッキーはお庭を歩きましょうと私を案内して歩き出す。

「日本庭園もありますのよ、この下の方は湖、下りてみますか」

と、どんどんアン&ピーターとは離れてしまう。ナチュラル・スピードで話される。

「トルコのイスタンブールには友人が滞在しています。とてもエキゾチックな町だそうですね。

あ、この花は日本でもよく見かけます。わー、日本の花がいっぱい。よく手入れされた美しい庭ですね。木が大きいこと！　家にもこの花はあります。ティー・セレモニーでも使います。……（ムニャムニャ）」

と色々讃辞を述べる。ローズガーデン、ハーブガーデン、庭を全部案内してくださる。でも、本当に美人の白人、内心日本人なんか軽蔑しているかもしれない等と猜疑心が起こるが、最後まですっと付き添ってくれる。

「庭を案内してくださって有り難うございました」

と丁寧に挨拶して、離れる。ケイのやつ、どういう人に会ったとか全然言わないんだから、恥をかくじゃない。

ピーターが現れる。若い女の子二人に私を紹介する。

「アン&ピーターさんの所にホームステイして楽しくすごしています。色々な経験をさせてもらっています。色々な人に会えて嬉しいです。気候はいいし、本当にすばらしいところです」

等々、お定まりの語句を並べる。

「まあ、なんて英語がお上手なんでしょう！　驚きです。何処に行かれましたか？」

「レーニア山に行きました。山は見えなかったけど、草原にお花がいっぱい！　感激しました。明日はタコマ美術館に行く予定です……」

と何処でも述べた讃辞を、にこにこ顔で、相手の目を見て話す。

英語でのコミュニケーションは「学校英語」のペーパーテストの点に反映されない部分が多い。「語学でなく話学を」という遠山顕先生の主張が納得させられる。それと日本語と違う発音法の基礎をふまえること、発音が正しいと上手に聞こえるらしい。

アンとビュッフェスタイルの食事を取って、テーブルに着いて食べる。新キューレーターの紹介がある。「ご挨拶は短くして、みなさん、この美しい夕べを楽しんでください」というようなことを言ったようだ。テキサスから来たのだそうだ。ビュッフェスタイルのテーブルで給仕のお手伝いをしている小柄なお姉さんは特に親切で、私を日本人と認めたのか、

「お魚のお団子がありますよ、このソースが美味しいですよ、焼き鳥もあります、このピーナッツバター入りのソースで是非食べてみてください。お代わりをしてくださいね」

と言われ、何度かお代わりをしに席をたつ。

アンが紹介してくれる人には、指輪を見せて、

「アンと似ているでしょう？　私はここシアトルにいる間にI'm Annized（アン化されたのです）」

と造語で冗談めかして言い、

「このショールはついさっきまで、アンさんの物でした。今、私の物になっています。アンさんがくれました」

と説明する。大柄の男性は、

「ケイにも会ったよ。彼は僕くらいの背丈があった。元気か。僕の妻は美術館のディレクターなんだ。僕は今ディレクトされるばかりなんだよ」

と冗談をいう。

「おー、そうですか！（ニコニコ）……美しい夕べですね……（ムニャムニャ）」

としか言えない。本当はここで冗談の一つも言い返さなければと思う。今となって考えると、「三十歳のケイは今も成長中です、今度あなたに会ったら、ケイの方が背が高くなっているでしょう」とか「日本ではかかあ天下といって、妻がディレクトする方が上手くいくのですよ。私も夫のディレクターです」とか。だが、実際に言えないようでは、英語話学の修業がまだまだ足りない。

やっと会がお開きになった。また、ジャッキーと一緒に帰らねばならない。別れの挨拶を心の中で復唱する。「ケイといいその母親といい、私のこと認識していないのだわ」と思わせてはならない。必ず、「ジャッキーさん」と名前を入れて挨拶すること。家の前でバラの花が目に入ったので、

「ビューティフルなバラですね。今夜はお目にかかれて嬉しかったです、ジャッキーさん。お庭を案内していただいて有り難うございました」

とちゃんと挨拶できた。

車庫に着くとピーターは、

「これでパーティーは終わった」

とほっとしたという声色である。実はアンもピーターもパーティーはあまり好きではないのだそうだ。親しい二、三のカップルで会うホームパーティーで「人生」を語り合うのが好きなのだと言う。

「モトコ、知っている？　カクテル・パーティーって。立ったままで、一度きりしか会わないかもしれない人と会って挨拶のような話をするなんて馬鹿げているわ」

と以前コメントがあった。私ももう二度と会わないかもしれない人々と今日、英語で話した。それは挨拶程度のものだったろう。その程度の英語は聞き取れるし（全部聞き取れなくても差し支えないとわかった）、お世辞にしても上手と言われる位には喋れた。それは、これまで、アン先生が上手く褒めて、自信を持たせてくれたからだろう。もっと必要なのは、ユーモアやウイット、文化的背景に対する知識、心理学、教養かな。英会話は英語だけの問題ではないのだ。それにしても、私の教え子たちには褒めて褒めて、褒めまくって教育しなければいけなかったなーと反省する。

◇「さようなら」で幕は下りる

忙しいアンと暇なモトコの一日　八月二十八日（水曜日）

ピーターは七時に家を出る。何かの委員会の会合らしい。アンは今日はとても忙しい一日なのだ。甲状腺に何かの異常が見つかって、今日、明日がその検査日になっている。彼女はここ一両日お魚を食べてはいけない。八時三十分出発、私をタコマ市のアート・カルチャー中心地に落として行く。早朝から開いている『スターバックス・コーヒー店』で時間を過ごし、そこから数ブロック先のタコマ美術館に行く、校外自習学習。早朝のコーヒー店は、新聞を読みながら朝食を取ったり、友達と話したりしている若い人などで結構繁盛している。私はコーヒーだけをゆっくり飲んだ。

このあたりの一階はお店だが、上階はワシントン大学タコマ校の教室として使われている。ワシントン大学は『イーオン』のブライアン先生の出身校だ。何となく親しみがわく。お隣は大学のブック・ストアーなので朝から開いている。セールの本の山から何か好ましい絵や写真の本を探したが、なかった。大学のロゴの入ったシャツ等を売っているお土産屋さんもある。綺麗なトランプをお土産に買った。スターバックス・コーヒー店でお手洗いを使おうとドアを動かすが開かない。「顧客様オンリー」と書いてある。「ははーん、何処か前にもあった、鍵を借りて使うお手洗いなのだな」とお店の人に鍵を借りようとするがなにやら「ペラペラ」、わからない顔をしていると鍵を持ってきて開かないことを実際にしてみせた。故障しているらしい。我慢するしかない。外に出て、美しい階段状になっている大学の建物などのあたりをうろつき、タコマ美術館に向かう。すぐにわかった。

丁度十時、開館時間だ。入館料十ドル。受付のおばちゃんの早口の案内を聞いて半分推測でわかり、三階の美しいガラスアートの常設作品、次に今展示中のビデオアートから見ていく。真っ暗な中に一人腰掛けて見ていると、ピーターが現れた。十時三十分から十一時が約束の時間なのに、まだ二十分しかたっていない。ピーターは用事が早くすんだので、ここのスタッフにも話があるからと、早く来たらしい。

「モトコ、ゆっくり見ていなさい。また、私が探してあげるから。それから入館料を割り引いてもらったよ、僕がここの会員だから」

と、五ドルを手に押し込む。

二階、一階と見て歩き、一階のショップに行く。なかなか美しい品揃えだ。作家物のガラスの作品を見ているとおばちゃんが、「さき頃、一つ売れました」と言って、値段表を渡してくれる。二五〇〇ドル、六〇〇〇ドルとかの値段が目に飛び込んでくる、とてもお呼びでない代物。ピーターが、

「やっぱりモトコはここにいたね」

と言って現れる。お買い物好きの私の行動をお見通しである。ゴッホのひまわりの絵をあしらったスティック・メモ帳を買う。

グラス・ミュージアムは見なくていいかとか聞かれるが、ピーターをこれ以上疲れさせたくないし、先日、ヒストリー・ミュージアムでインデアン・ブランケット展を充分堪能したので、家に帰ることにする。十一時。パシフィック・アベニューに止めてあったピーターの車に戻る時、路上でお金をねだる浮浪者に会った。無視して通り過ぎたが、車に乗る時ピーターはドアを開けて、

「素早く乗って、ドアをしめて」

と言う。彼も素早く運転席にまわり、すぐに車を発車させる。見ると、先ほどの浮浪者がすぐ

近くまで来ていた。

「酔っぱらいがドアから侵入してくることもあるからね」

とピーター。彼は平常を装っているが、いつも心配りを怠らない。帰りにアンはどうだったのだろうかと話す。スーパーに寄って、今日の晩ご飯のお買い物、主夫ピーターは忙しい。

十一時三十分帰宅。お昼は残り物を食べる。アンから電話があり、第一の検査は終わったらしい。レントゲン技師は「口にチャックで何も言わず、担当医に聞くようにと言われるばかり」らしい。

「この国には、二種類の医者がいて、検査しながら説明する医者と、全く技術に専念する医者といるんだ」

とピーターも不満げだ。アルバムを出して見せてくれる。三時過ぎ、またアンから電話があり、第二の検査も無事終わったと言う。

庭は相変わらず心地よい風が吹いてお天気は最高。下の湾を大きな貨物船が出ていく。ヤナギの木の下の木陰に掛け心地のよいリクライニング・チェアを持ち出して座り、風に吹かれていると、いつの間にか少し眠ってしまった。食器洗い機の中の食器が乾いているようなので、そっと仕舞う。この仕事は滞在中、なるべく気を付けて私の仕事としていた。ピーターが出てきて、モトコはお昼寝をしていたね、と観察が鋭い。ピーターも今度は自分が腰掛けて本を読もうと、木陰に出ていく。

六時頃、アンが帰ってきた。お昼のミーティングのことなど報告している。アンは九時病院で検査、昼ミーティング、三時また病院で検査、夕食を済ませ、七時三十分ＹＭＣＡの会議に出席の忙しい一日なのだ。私の写真現像も取ってきてくれた。

「ちょっと、ピーク・インしたわよ。なかなかいい写真もあったわよ。ねー、ちょっと、これを見て。一〇ドルもしなかったのよ。少しサイズが大きいけどなんとかなるわ。私、麻が大好きなのよ。これも見て、この生地の光沢のよいこと！　エイミーに買ってきたの。エイミーは『もうお母さん何も要らないから買わないで』というけど……それにこのシャツ、安かったのよ……」

とアン。

「アン、もういいから、早く夕食を食べないと遅れるよ」

とピーターに買い物披露を止められる。この忙しい一日の合間にアンはサマー・バーゲンセールにまで行ってきたのだ。そういえば昨日もアンは買い物をしてきて私に見せた。オーストラリアの親戚にクリスマスにあげる物を今買っておくのだそうだ。オーストラリアのクリスマスは夏だから、今買うと安いし、夏用の物が手に入ると言う。お買い物好きは私と同じ。安くていい物を買うと大得意になるのも全く似ている。

夕方の斜光をあびて、下の湾からヨットが次々と出ていく。毎週水曜日にあるヨットレースの始まりだ。風がないと、帆が西日を受けて鮮やかな色に染まっている。静かな夕方だ。ほんとうに美しい。湾の向こうの空には相変わらず今日も雪を抱いたレーニア山『タコマ富士』が見える。この静かな光景を目に焼き付けておこう。

八時に自室に引き上げた。あと一日の滞在だ。あー、やったね。そろそろパッキングもしなくちゃー。パッキングは私のお得意科目。アンも得意だと言っていた。スーツケースにあとどの位のスペースがあるか。明日のお買い物の見当をつけておく。

現像した写真を見ると、風景や店の商品、ダーリン家のインテリアの写真が多くて、人物がない。これでは、帰って、お友達に見せても、私が本当にホームステイしてきたのか、信じてもらえないかもしれない。よし、明日は私がここに居たという証明になるような写真を撮ってもらおう。心はもう帰国してからの算段でいっぱいだ。

ついに土産物買いとパッキング　八月二十九日（木曜日）

アンの病院検査のため、八時三十分に家を出る。私を小さなスーパーマーケットに落としてくれる。お土産のお菓子を買う。スーパー内の写真を撮ったりして、外のベンチで待っていると、十時前にアンが拾ってくれる。

「どうでしたか？」

「来週の担当医の面接までわからないけど、まあ、今の所、特に悪いということもないみたい。さぁ、モトコ、今日これから私はyour slave（あなたの奴隷）よ。何処にでも連れて行ってあげるから言って。そう、昨日も言ったように、あなたの指にまだ指輪が足りないわ。ピンキー・リング（小指用リング）を買いに行きましょう」

今日はアンのお気に入りのお店巡りだ。『ジャスミンカ』というちょっと変わったアクセサリーやエキゾチックな洋服が置いてある店で、ピンキー・リングを見せてもらう。どれも私の小指には大きすぎる。アンは洋服の方を見ていたが、私が買い物に困っている様子に気づいて、

「これはどう？」

と足の指用のを探してくれる。ぴったりするのがあった。snazzy（派手な）私の姉への土産用に、アンのはめているような変わった楕円の石の指輪も選んだ。近くのギフトショップで二、三のお土産物を買う。

次は高級なスーパーに。ここは「私、クイーン・アンの『質素な高級店』よ」と言っていたが、なるほど、野菜はみんなオーガニック。東洋系のお兄さんが作っている寿司ロールもある。魚売り場で今晩のお別れディナー用に生のhalibut（オヒョウ）を買う。キングサーモンも横たわっている。あとは店内で別れて行動する。私はほとんどもう買う物もないが、ヒッコリー風味のベーコンを買った。アンはスモークサーモンのパックもあるとリサーチしてくれて、買うようにとレジで待っていてくれていた。ベーコンを買うのなら、生物をパックする方法があると判断したらしい。アメリカ北西部土産物専門店に行かなくていいのかとしきりに言うが、もうお土産は充分買ったと断る。

アンはもう一つ見せたいところがあると、ブラウンズ・ポイントとは対岸になる緑濃い公園に連れて行く。アンの車はオープンカーで、彼女はとても気に入っているそうだ。五年前の九月のある朝、ピーターが朝の集会に出かけると言って、階段を下りていったが、すぐにガレージから呼び立てるので、何か故障でもしたのかと訝しく思いながら下りていくと、

「そこに、brand-new（まっさらな）オープンカーが置いてあったのよ。前の日の夕方、私が車で用足しをして帰ってガレージに入れた古い車の姿は何処にもなくて。Birthday surprise!（誕生日の贈り物）だったの。何時入れ替えたのか全然気が付かなかった」

と、愛車の由来を楽しそうに語る。

うーん、ジャパニーズ・ハズバンドとはだいぶ違うなー。贈り物の贈り方にも手が込んでいる。タダシにピーターの「つめの垢を煎じて飲ませ」ても今さら効くまい。冬でもマフラーをして風を切って走るのが快適なのだというアンの姿は容易に想像できる。広い公園内をドライブしながら説明したり、時々止まったり写真を撮らせたり、アンは「奴隷のように」観光案内サービスに努めてくれる。

一時過ぎて帰宅。お昼を食べながら、ひとしきりお喋り。

「あなたは一人でホームステイを計画し実行した。empowered（能力がある）」

というようなことを言われる。

「アン、あなたのエネルギーには遠く及びません。でもそう言っていただいたら、元気が出ます」

と答える。アン先生はほんとに人をいい気分にしてくれる。

あー、お喋りばかりしていてはいけないのだ、パッキング、パッキング。パッキングはお得意科目。自室で奮闘する。スーツケースはお土産でいっぱいになり、軽くもてるはずだった鞄もいっぱいになる。

それから、私がここに居たという証明になるような写真を撮ってもらう約束だ。アンがとてもステキと言ってくれていたスカートをズボンの上にはいて階段を上がる。肩にはアンからもらったショールを掛けて。

「おー、プリンセス・モトコ！」

とアン。スカートを穿くというのは、どうも、大変お嬢様っぽいことらしい。この時以来、帰るまで、『プリンセス・モトコ』と呼ばれることになった。

お隣のジャネットがやってくる。

「明日、帰るんだってね。私達、お花の趣味でシェアしたわね。生け花は『ヘッド・ハート・ハンド』よね」

「ほんとにシェアしましたね。日本では、天・地・人『ヘブン・アース・ハート』です。お会いできて嬉しかったです」

とにこにこ顔でハグする。明日からクルーズの旅行に行くというので、

「では、ボン・ボヤージュ（もとはフランス語）」

と言うと、

「まぁ、英語がお上手だこと！」

と言われる。

「厳しいfierce teacher Ann（アン先生）のお陰です」

と冗談を言う。写真を撮ってあげるといわれ、一緒にカメラに収まったり、カメラマンになってもらったりした。アンにも家の中や外でポーズをつけて撮ってもらった。自室で撮ってもらう時、開いたスーツケースに荷物が入っているのを見て、

「素晴らしい出来栄え！」

と感心していた。

四時には、アンがこの前病院に連れて行った人の娘さんが、お母さんの症状について話があるとやって来た。アンは悩める人のお世話で本当に忙しい。私はパッキングの続きをし、シカゴのチヒロさんのお母さんに電話する。

「不思議な縁で、アン&ピーターさんの所にホームステイさせていただきありがたかったです。大変楽しい、実りある滞在でした」

と申し上げる。

「アン&ピーターさんはほんとによい人達です。でもお一人でやってこられるなんて、勇気がおありなのですね。私なんかはいつも心が日本に向いていています」

「いえ、いえ、私は少し能天気なのでしょう。でも、私も、もう今は心は日本なのですよ」

と本心をうち明ける。

お別れディナーはピーターが腕をふるって、「オヒョウのサワークリーム焼き、コーン添えとインゲンのサラダ」だった。いつものようにテラスのテーブルで、ローソクを灯し、シャンペンを開け、「我々のフレンド・シップに感謝します」とお祈りをして、乾杯をして頂いた。オヒョウのサワークリーム焼きは焼き過ぎずジューシーでサワーソースとよく合った。インゲンのサラダはアンのドレッシングがスパイシーで美味しかった。アンが途中、「あ、忘れていた」と言って席を立つと、すぐに部屋の中のスピーカーから三大テノールの共演コンサートの歌声が聞こえてきた。私が彼らのCDはみんな持っているという話をしたことがあって、彼女はロスアンジェルス公演のCDだけは持っていると言っていたが、それをかけたのだ。プリンセスのお好みのバックグラウンド・ミュージックを入れてあげようという心遣いがうれしい。

終わりかける頃、「デザートを忘れていた！」と騒ぎ出した。ディナーにデザートがないのはとてもいけないことらしい。アンが「（ナンチャラ、カンチャラ……）」と早口でピーターに命令し、ピーターは車で出ていった。アンは、

「プリンセスは座っているのよ。タコマ山がピンク色に染まっていくのを見ていてね」

とお皿も片付けさせないで、自分も庭に飛び出していった。

寒くなってきたので、デザートはリビングで頂くという。ソファーに座っているようにと、アン先生は厳しくいう。ピーターも帰ってきて、二人でデザートの用意に勤しんでいた。カフェインレス・コーヒーをマグカップでなく、唯一のボーン・チャイナというカップ&ソーサーに入れて。綺麗なお皿にはアイスクリームとアーモンドケーキに美しい濃い赤のソースがかかっていた。

アンが庭のブラックベリーから今取ってきて作ったのだ。本当にうつくしく、美味しい。

「私は『ローマ休日』のオードリー・ヘップバーンのような気がする。全く逆さまにですけれどね。あの映画ではプリンセスが普通の人になったのですが、私の場合は普通の人が一時プリンセスになったのです」

「このホームステイは私にとって特別な時だった。色々な経験、様々な人達と話す機会をつくっていただきありがたかった。感謝は言葉にあらわせません」

と精一杯、英語を酷使してお礼を述べた。彼らも、

「モトコの滞在を私たちもとても楽しんだ。私達はハート・ツー・ハートの話ができた」

と満足げであった。家族関係の問題、老いの問題、友達、生き方などまじめに話した。

本の間に挟んであったレーニア山の草花のうち、自分の押し花はすでにスーツケースに仕舞った。だが、アンのものを彼女の所に持っていき、「これ…」と言いかけると、アンは当然あなたが持って帰るものだという。

「えーっ、私のために取ってくれたのですか？　私はとてもこれが欲しいから、『これを私にくれなければ、パーク・レンジャーに、アン・ダーリンは国立公園で花を取ったって電話する

ぞ！』と脅して、あなたから取り上げようと画策していたところなのよ」

と言うと、大笑いしていた。ありがたく、レーニア山の思い出を大事に手帳に挟んだ。

では、お休みなさい。

「朝食は八時三十分。ホットケーキだよ、モトコ」

とピーターが言う。

「わー、サンキュー、ピーター！」

と思わずハグしてしまった。ピーターは私が以前にアメリカの食べ物で何か食べたいものはないか、と聞かれた時、「アメリカではホットケーキをよく食べるそうですね。しかも、そば粉の入ったものを食べるとか、本に書いてあった」と言ったのを、覚えていたのだ。

アン＆ピーターと共に

さようならで幕は下りる

八月三十日（金曜日）

来た時と同じスラックスにツイン・Tシャツで階段を上がる。この階段がチャレンジングだったなーと思いながら。もうすぐ、このアドベンチャーも終わりになるけれど……嬉し、悲しである。

「グッド・モーニング、ピーター」

「グッド・モーニング、モトコ、よく眠れたかい」

いつもの朝の挨拶をかわす。

「わー、ホットケーキの用意をして待っているのですね！」

調理台の上には粉、卵、牛乳、浅いフライパン、油と整然と並べて、何時でもスタンバイ・オーケーという状態である。室内のテーブルにはアンが買ってきたインディゴブルーの生地がちゃんと縫われて拡げられ、その上に私があげたブルーの風呂敷を敷いて花を置き、ナイフ・フォークがセットされている。

アン先生が起きてこられる。材料を見て、何か問題があるらしい。何やらを捨て、別なものを加えて、二人でホットケーキを焼きはじめる。

「ソースは何がいい？　メープルシロップに昨日のブラックベリーのソースもあるよ。モトコは、そら、座って待ってなさい。ほれ、熱々をどうぞ」

と、まだ、プリンセスなみの扱いである。次々と焼いてみんなで座って食べる。

私は、

「暖かいお二人のホスピタリティーに深く感謝します。今度は私の家に泊まってください。ベッドはありませんが、ふわふわの布団を畳の上に敷いてお泊めします。それから、あなた方のお友達の誰でも、家に来ていいです。同じように歓待します」

と昨晩予習した英語で感謝の言葉を述べた。アンが私の手を出させて、

「右の小指にまだ一つリングが足りない、これをあげます、トルコで買ったもの」

と言って銀色のリングをはめてくれる。小指には大きすぎるので、中指にはめる。なんて優しいんでしょうと、アン先生にお礼を述べる。ピーターは、

「モトコがいなくなったら、お花をどうしたらいいんだ」

と何度も言う。

冷蔵庫のサーモンとベーコンをアンがナイロン・ジッパーに入れて、

「検疫で犬が嗅ぎつけないようにね」

と言う。それを最後に入れて、スーツケースの蓋をしようとするが、昨日は閉まったのに今日は閉まらない。

「ピーター、助けてください。蓋の上に体重を掛けてください」

と頼む。ピーターは待ってましたとばかりに部屋にやって来て、ひょいとスーツケースを上下にひっくり返す。と、あら不思議、スーツケースの蓋はぴたりと閉まった。そして、ベルトをさっと締めてくれた。いつもやり慣れているのだなー。アンとの旅行の様子が目に見えるようだ。

十時出発。ブラウンズ・ポイント、さようなら。
二、三分走ったところで、中指のトルコの指輪がないのに気づいた。
「あっ、指輪を何処かに落としてしまった、ない!!」

ピーターはすぐにUターンして、

「さっき、バスルームを使ったから、タオルの所にきっと落ちている」

と言う。私もそれしか考えられない。家に引き返し、バスルームを探す。ない！　どうしよう、時間も迫っている。アンが、

「いいのよ、いいのよ、なかったものとあきらめなさい」

みたいなことを言っているみたいだ。よくわからない、こんな時には英語リスニング力は落ちているものだ。しかたなく、自動車に乗り、再出発する。「気にしないで」みたいなことをしきりに言っているようだ。私は時計と前を見つめながら、もし、部屋に落ちていたら、送ってくれるように頼もう、と頭の中で英作文する。そうしながら、バッグの中をもう一度手で探っていた。

「あったー！」

私もみんなも、ほっとした。

快調に車は走り、すぐにシアトル・タコマ空港に着いた。

「あ、もう、空港ですか！」

「車は長く止めておけないから、落としていくよ。アンがカウンターまでついていくから」

とピーター。荷物を下ろしてくれて、ハグして、アンが写真をパチリ。ピーターと別れた。アンはカウンターの長い列の最後尾まで連れてきて、

「じゃ、気をつけて」

とハグする。大きな温かい身体を合わせ、サンキューと言い合うが、顔が耳元に二度目に付いたとき、私は思わず、

「さようなら」

と日本語が出た。そしたらその声はしわがれていた。ここにまた来ることはないだろう……さようならは別れの言葉だ。一時のプリンセスの休日も終わった。これから一人でまたこの世を渡っていく。オードリー・ヘップバーンならぬ『オールド・ヘーボンジーン（平凡人）』。出口でアンは手を振って消えた。ほんとうに別れた、幕は下りた。


長い出国手続きの後、機上の人となった。心はもう日本だ。東京ではお姉ちゃんに会える。そして明日の夜は田舎の我が家に寝ているだろう。とてもとても親切にしてもらったけれど、やっぱり家に帰りたい。私のアドベンチャーはもうすぐ終わりだ。自分で仕掛けたこの大冒険、自作自演の舞台の役者、よくやったよね、と自分を褒めてあげたい。

終わりに

帰宅すると、すぐ翌日から、この旅日記を書き始めた。忘れないうちに、少々のメモと写真とで、カレンダーの日を追って毎日の舞台を思い出していった。その間、舞台でスポットライトを浴びている自分が眩しかった。三十年間分の讃辞をまとめて貰っているような気分だった。ラストの場面で幕が下りてしまった時、やったーという気持ちと、現実に戻らねばならない寂しさが入り交じった。一時の夢の舞台だった。

しかし所詮、夢は夢。日々、現実は毎日確実にやってきて、「アン化したモトコ」の姿は消えてゆく。指輪も指になじまなくなってくる。五十八歳の日本の普通のおばさんがいるのだ。食事の支度。日々老いていく義父母との対応。目立ってはいけない日本の社交。したいことを率直に言い表すことは難しい。でも、「人生で一時の夢がかなっただけで僕は一生幸せだよ」と三大テノールの日本公演のビデオで、彼らは繰り返し歌っている。そんなものなんだろう、人生は。願わくば、私も、私の「一時の夢」の物語をみなさんに聞いていただいて、一時幸せな気分を分かち合ってもらいたいものだ。

　これを書く間、夫タダシは経験学習をした甲斐があって、以前からしていた掃除はもちろん、洗濯の全て、畑の草取り、得意になった料理の腕も見せてくれた。

「エクセレント・ハウスハズバンド、タダシ！」

とビッグなハグをした。アンとピーターのように、何かと頬にチュッとキスする習慣はあいにく持ち合わせていないのが残念だ。

　夕食の話題は、アンが言うところの、『人生・愛・幸福の追求』について、ハート・ツー・ハート、の会話が当分できるであろう。できなくなったらまたブラウンズ・ポイントのスクールに行ってくるからね。

「その時はまたよろしく、タダシ！」

追記…その後の日々

モトコの「夢の舞台」の話を楽しんでくださった方々、

「夫婦も三十年で再構築すべきよ」

と迫った妻モトコのその後は如何に？　と興味津々ではなかろうか。アンの手紙には、

「あなた達のもとへchanged woman（変身した女）モトコを返します」

とある。結論からいえば、

「嫁モトコは辞める、妻モトコは同居人モトコに変身した」

ということになろう。

しかし、実際にこの日本の社会で「平凡人」に戻れば、離婚、別居しない限り、妻役、嫁役を降りるのはたやすいことではない。夫は、自らがフェミニズムや上野千鶴子などの思想を私に紹介したこともあるので、日本の女の状況に理解をしめし、「変身したモトコ」を認めてくれる。というより、そのようにして「男は生活を変えたくない」選択をしたのであろう。一度「モト

コ」そのものでスポットライトを浴びた快感を経験した私は、元の役には戻れないまま、現実の観客の期待（つまり日本の常識）と日々心の中で葛藤しながら暮らしている。なかなか辛い役どころを生きているのである。

具体的に言えば、帰国一ヶ月後、我が家は義父の入院退院を機に、二人の要介護老人を抱える在宅介護家庭へと舞台は大きく回転したのであった。「介護施設は何処も一杯です、家庭で家族が介護するのが当たり前、そのため介護保険制度が整備されました、在宅介護支援サービスを受けなさい」というのがお上の政策であり、世間の常識である。日本では、ナーシングホーム（つまり、老化による身体の不全をサポートし最後の看取りのケアを提供する施設）はないに等しい。病院か在宅介護しかない。個人モトコの役はとうに終わり、主婦モトコ、嫁モトコ、妻モトコの役にさらに介護士モトコの日々の始まり。舞台に登場するのは、ドクター、ナース、ケアマネージャー、ヘルパー、福祉課の吏員。台詞は「デイケア、ヘルパー、介護ベッド、トイレ、オムツ」で埋まる。「申請、面接、認定、署名、捺印」の一幕、介護用品の小道具が飛び交う。二人の老人に振り回される二幕。何時幕が下りるともわからないこの舞台で、夫婦の再構築の三十年は試される。

たった半月ながら、アメリカ体験で主夫を見、個人意識に目覚めたモトコと、日本社会に順応しなければならない状況を再度強いられる主婦、嫁、妻のモトコの相克が辛いと嘆く私に、アンはその後もメールで私を気遣ってくれる。

「今、あなたは大変な（challenging = 力量を問われている、難しいがやりがいのある）時にある。何時でも愚痴を聞いてあげる。私も女としてピーターと彼の親とに大変な思いをした。アメリカと日本の介護のシステムは違うが、あなたの気持ちはよくわかる」

と励ましのメールや電話や手製の美しいレーニア山のアルバムを送って激励してくれる。

勇気百倍になった私は夫に言う。

「housekeeping（主婦）はいたしましょう。あなたがペイド・ワークをしているからパートナーとしてのアン・ペイド・ワークは私の仕事。しかし、嫁の役目はもう三十四年間で充分してきた、嫁は辞めます」

正確に言えば、私が「嫁意識」を一方的に辞めただけで、老いた義父母には通じようもない。単に「嫁が横着になった」と思っているだけであろう。それでよい。そして経験知識の蓄積がある、介護の情報収集、ケアマネージャーやヘルパーとの折衝、プランの基本作成、ハード面のあらゆる仕事と運転手、家事の最大の仕事、四人の生命を維持する食事に関しては全てを引き受けた。夫は情報を分析し決断を下し、老親に説明、説得、傾聴の辛抱のいる仕事と共に、実際に私の手ともなって動いてくれることになったのである。掃除、洗濯、ゴミ出し、食器洗い、オムツを替えること、粗相の後始末までしてくれる、素晴らしい介護主夫ではないか！「男女共同参画」の見本として表彰されてもいいくらいだと、六十六歳にもなり半リタイア生活が介護に縛られている鬱憤を、私が代弁したくなるのである。

ともかく、というわけで、我らのこれからの三十年は確かに再構築された。舞台は回って、今度の役をなんと呼んだらよいのか、そう、「一つ屋根の下の同居人モトコ」とでも呼んで欲しい。夫と共にこの難しい喜悲劇の舞台（毎日がハプニング、アドリブの連続、何時幕が下りるかはわからない舞台）をつとめていかなければならないのだろう。シェイクスピアがいうように、人間はこの世という舞台で演じる役者なのだから。

了

あとがき

イチロー選手で有名な『シアトル・マリナーズ』の本拠地シアトル市の南方五十五キロに位置するタコマ市は、一八〇〇年北西アメリカ鉄道の終着駅、製材工業の町として栄えました。人口十九万、現在も北西アメリカ第六の大きな深い港を持つ、アジア、環太平洋諸国との貿易港として繁栄しています。市の南東には一年中白い雪を頂く独立峰レーニア山、別名『タコマ富士』と呼ばれる山が望めます。

縁あって、このタコマ市の郊外のアメリカ人夫妻のもとにホームステイさせていただきました。その顚末を書いたのがこの日記です。

私と同年代を生きる同性の方に一番に読んでいただいて、少しでも笑ってもらえたら、また、世の夫の方々には、少し笑った後、時代の変化を感じて頂けたら、と、私事を本にして世に問うという、もう一つのアドベンチャーに踏み切りました。

今、第三幕は、しずかに進行しています。在宅介護の老義父母は体調を回復し、デイケアで楽しく過ごしているようです。介護士モトコ役も板についてきました。第二幕で、翻弄され疲労困憊の体で音をあげそうになっていたモトコも、やっと役どころをわきまえてきたようです。穏やかな日々が過ぎています。

本にするに当たって、第一番に感謝しなければならないのは、我がパートナー、夫のタダシです。登場人物になることを許し、パソコンの技術を快く提供し、細かな間違いは指摘してくれましたが、決して私の原稿にケチをつけることもなく読んでくれました。そのすべての寛大さには、本当に感謝しています。ありがとう、ダーリン。

本にすることを思いつかせてくださった、友人、野口真樹子さん、「豚をおだてて木に登らせて」くださった冨田圭子さんをはじめとする同期のお友達とアン・ダーリンに感謝します。また心身へのアドバイスを下さった神谷さんありがとうございました。

著者プロフィール

浅井 素子（あさい もとこ）

1944年山口県生まれ。

津田塾大学英文科卒。

専業主婦40年、パート教師16年。

2003年『タコマの休日』自費出版（武田出版）。

2017年『ニホンの休日』自費出版（武田出版）。

英語版「Holiday in Tacoma」にてNOVAレベルアップコンテスト2005年準優勝
趣味：籐工芸、文章教室、声楽を習うこと

オールド・ヘーボンジーンの「タコマの休日」

—熟年ホームステイ日記—

2024年10月15日　初版第1刷発行

著　者　浅井 素子
発行者　瓜谷 綱延
発行所　株式会社文芸社
〒160-0022　東京都新宿区新宿1－10－1
電話　03-5369-3060（代表）
03-5369-2299（販売）

印刷所　株式会社平河工業社

ISBN978-4-286-25777-8